COBALT-SERIES

ただ呪うように君を愛す

—宵夢—

御園るしあ

集英社

ただ呪うように君を愛す
一宵夢

目次

イラスト／旭炬

水無瀬宮
帝の叔父で、先々帝の息子だが、訳あって無品親王。帝に笛を教えた。
瑠璃姫《るりひめ》
左大臣の娘で、帝のもとにまもなく入内することが決まっている。
人物紹介

宵夢

ただ呪うように君を愛す

遠くで、夜を徹した、華《はな》やかな宴《うたげ》のざわめきが聞こえる。

かすかに聞こえる程度なのに、奏《かな》でられる音も人々のざわめきもひどく陽気であることが知れて、男は心に重く圧《の》しかかる憂《うれ》いを隠そうともせず、そっとひそやかなため息をついた。

時はそろそろ子《ね》の刻《こく》（午前0時頃）になろうかという頃。訪れるたび目を瞠《みは》ってしまうほど美しい庭は深い深い闇《やみ》に閉ざされ、しかしその中で桜の大樹だけが、枝につられた吊《つ》り灯籠《とうろう》のほのかな灯《あか》りに、ぼんやりと浮かび上がっている。

それは時折、風にざわりと枝を揺らし、深い深い闇にパッと薄紅《うすべに》色の花弁を散らす。

ひらり、ひらり。くるり、くるり、と……。

それはそれは、可憐《かれん》に。優雅に。秀麗《しゅうれい》に――。

しかし、その目映《まばゆ》いばかりに美しい光景も、男の心を癒《いや》しはしない。

否……。むしろ地面に花弁が降り積もってゆくのと同じように、憂いと悩みが胸の内で膨れ上がってゆく。

ここに来るべきではなかった。今すぐここを立ち去るべきだ。耳に届く陽気なざわめきとは裏腹に、そんな思いばかりが、ただ……。

しかし両足はピクリとも動くことはなく、まるで縛りつけられたかのように、そこから動くことは叶わず。

じっと佇《たたず》み、見事な桜を見上げて、その惜しげもなく舞い散る花弁に、切なさと心苦しさを嚙《か》み締めていた、その時。ガサリと、後方の闇が音を立てた。

その物音に、淡い紫苑《しおん》の狩衣《かりぎぬ》姿の男はビクリと肩を震わせ、背後を振り返る。

その視線が物音を立てた主を認めるよりも早く、男は鼻腔《びこう》をくすぐった芳しい香りにはっと息を呑《の》み、驚愕《きょうがく》に双眸《そうぼう》を大きく見開いた。

「っ……！　姫っ……？」

しゅるしゅるという衣擦《きぬず》れの音も雅《みやび》やかに姿を現したのは、鮮やかな桜の襲《かさね》の衣装に身を包んだ……麗《うるわ》しき姫。

まさかという思いが胸を突き、それと同時に、溢《あふ》れんばかりの愛《いと》しさが込み上げる。

ああ……っ！　やはり、愛しい。愛しくて……愛しくて……おかしくなってしまいそうだ……っ！

「つ……！　瑠璃《るり》姫様」

「水無瀬宮《みなせのみや》様……っ！」

せっぱ詰《つ》まった様子で自分の名を呼び、顔を歪めてはらはらと涙を流す姫を男は少し乱暴に抱き寄せた。

折れてしまいそうなほどの儚《はかな》げな身が、ひどく愛おしい……。

「これで、最後の逢瀬《おうせ》となりますね……」

「いや。わたくしはいや。入内《じゅだい》などいやです。帝《みかど》の妃《きさき》になどなりたくない」

「……姫。恐れ多くも今上帝《きんじょうてい》にあらせられては……」

「いや。いや。いやです。恐れ多くも帝が是非《ぜひ》にと望んでくださったと、父さまから聞きました。誉《ほま》れ高いことだと。でも違う。違う。今上がわたくしを望んだのは、わたくしが左大臣家の姫だからです。違いますか？」

「…………」

姫の言葉に、水無瀬宮はそっと目を伏せた。

強大な財力を持つ左大臣家という後ろ盾は、確かに、それこそ今上が望まれたものだろう。今までの後ろ盾である内大臣家だけではなく、左大臣家を味方につけたい。そうすることで確固たる権力を手に入れたい。今上はそう望まれ……そして事実、それを手にした。今上が、今の地位を手にされたのは、この入内が決まったからこそ。それは間違いない。

しかし……それだけではない。決して、それだけではない……。

「…………」

水無瀬宮はそっと息をつくと、腕の中で震え、泣きじゃくる姫の髪を、あやすように優しく撫《な》でた。

「今上は、姫のことをとても大切に想っておられますよ」

姫はかぶりを振って、水無瀬宮の身にしがみついた。

「ええ。ええ。わかっております。ですが政治的な思惑が背景にあるのも、また事実でございましょう？　いいえ。父様や兄様が喜ぶのだってそうです。全て、その背景があればこそ」

「姫……」

「今上は素晴らしい御方ですわ。わたくしなどにはもったいないぐらい……。わかってはいるのです。それでもいや。いやなのです。わたくしは……わたくしは……お慕い申し上げております。水無瀬宮様……」

水無瀬宮は切なげに眉《まゆ》を寄せたまま、姫の言葉には答えず、ただ姫を抱く腕に力を込めた。

抱き潰してしまいたいと思う。いや……それでも足りない。身体《からだ》は邪魔《じゃま》だ。いっそこのまま一つに溶け合ってしまえたらいいのにと、思う。

姫の血となり、肉となり、骨となれたら……。二度と離れることなく、ともに生きられるのに。姫が鼓動を止めたなら、一緒に自分も朽ちることができるのに……。

「思ふとも……か」

「……水無瀬宮様……」

「でも今更断ることはできない。そうでしょう？　姫。今上を裏切ることはできない。父君や兄君、妹君たちが大切でしょう？　そして、今上御自身も……。皆様のためにも、入内はせねばならない。姫も、それはわかっているのでしょう？」

「…………」

駄々をこねるかのように、ただ首を横に振った姫の身を、水無瀬宮は更に強く抱き締めた。

「でも私は……叶わぬ恋と知っていながら、抱《いだ》いてはならない想いとわかっていながら、それでも決して、貴女《あなた》を想うことをやめませんよ。姫。激しく。死ぬまで。いえ、死してからも」

「っ……！　水無瀬宮様……」

「瑠璃姫様。私は生涯、貴女を愛することを誓いましょう。そして死して尚、貴女を愛し抜くことを……。私は貴女を忘れたりいたしません。決して……ただのひとときも。貴女だけを想い続けると誓いましょう。貴女を想い続ける罪を、生涯、私は背負って生きてゆきます」

そう言って、水無瀬宮が微笑《ほほえ》む。

それは苦しげで、悲しげで、切なげで……けれどもこの上なく甘やかで、優しく、愛しさに溢れた微笑みだった。

一瞬にしてそれは、瑠璃姫の胸に甘く、そして苦く、切なく、焼きつく。

「罪人が妻を娶《めと》ることなど許されません。ですから、今生《こんじょう》で貴女と添い遂げることは諦《あきら》めます。でも、来世《らいせ》は……きっと清い身で、貴女を奪うだけの力を持って、貴女の前に現れましょう。来世が駄目ならば次の来世で。お約束いたしましょう。ですから、姫。どうぞ私の妻となってください」

「っ……！」

水無瀬宮の言葉に感極《かんきわ》まったように、幼い姫の顔が歪む。

新たな涙がその滑らかで白い頬《ほお》を伝い落ち、水無瀬宮は困ったようにそっと微笑んだ。

胸を貫く痛みに耐えて、姫の背中を押すことしか自分にはできない。愛しています。お慕いしています。姫……。されどだからこそ、貴女には幸せになって欲しいと、心から思う。世に忘れられた自分ではなく、今上帝の傍《そば》で。

「…………」

雪のように、雨のように、降り注ぐ薄紅色の花弁に身を桜色に染めて、水無瀬宮はもう一度自嘲《じちょう》気味に微笑むと、姫の額《ひたい》にそっと口づけた。

「愛しています。心から。お慕い申し上げております。瑠璃姫様……。生涯、貴女だけを愛し抜くと誓いましょう。清廉潔白《せいれんけっぱく》な心で。ですから……」

「ええ。ええ。必ず。来世で。水無瀬宮様。瑠璃を、宮様の妻にしてくださいませ……」

ひらり、ひらり。くるり、くるり。

可憐に、優雅に、秀麗に……。闇に舞い散る薄紅色の花弁は、わたくしたちの恋のように儚く、切なげで……。

けれども、息を呑むほどに美しい。

水無瀬宮は美しい涙に濡れる姫の瞳《ひとみ》にもそっと唇《くちびる》を押し当てて、あとはただただ二人、固く愛を誓うように抱き締め合った。

「瑠璃姫様……」

「水無瀬宮様……」

来世も。来世も。その次の来世も。ずっと愛しています。姫、貴女だけを……。

まるで呪うように……。

ひどく強く、強く、貴女だけを……。

一章　雪は清廉潔白なりて春を知らず

「恐れながら、わたくしは時々、鷹柾《たかまさ》様は莫迦《ばか》なのではないかと思いますわ」

大江《おおえ》の言葉に、そこにいた女房《にょうぼう》たち皆が、ぎょっとしたように目を見開き、慌《あわ》てふためいて視線を泳がせる。

わたしもまた呆然《ぼうぜん》として大江を見つめる。

しかし言われた本人は、驚いたように目を見開いたあと、その暴言を気にした様子もなく、くすくすと楽しげに笑われて、そして、言った大江本人もまた、自分の暴言を気にする様子もなく、床に手をつき、真面目《まじめ》な顔をして畏《かしこ》まったまま、更に言葉を続けた。

「櫛《くし》に櫛箱《くしばこ》、綾紐《あやひも》、綾絹《あやぎぬ》に文箱《ふばこ》、筆に紙、貝合わせ、すごろく、碁石《ごいし》に碁盤、絵巻物。果ては唐渡《からわた》りのお品まで……。姫様のご機嫌伺《うかが》い、兄としての心づかいだと言っては、何かにつけて御文や贈り物を……いえ、してくださること自体は、嬉《うれ》しく思うのですわ。姫様も御喜びです。ですが、それで北《きた》の方《かた》様は家出をなされたのでは？　瑠璃《るり》姫様ほどには愛していただけないと、たいそうお嘆きだったとお聞きしておりますが」

御簾《みす》の向こうで、お兄様が、閉じた扇《おうぎ》で口元を隠し、にこりと微笑《ほほえ》まれる。

「確かにそう言われたな」

「北の方様は今、和泉《いずみ》にある縁の荘園《しょうえん》にいらっしゃるとか」

「女の噂話《うわさばなし》は怖いね。そのとおりだ」

「では、鷹柾様がご機嫌伺いに参られるべきなのも、和泉であるはずですが」

「何故《なぜ》？」

あっけらかんとしたお兄様の言葉に、大江がむっとした様子で眉《まゆ》をひそめる。

「ですから……」

「それはそれ、これはこれじゃないのかい？　私はそう思うのだが」

「……確かにそのとおりですわ。差し出がましい口をきいて、申し訳ございません。では、和泉の方へはすでにお伺いになられたのでございますね？」

「いいや？」

「は？」

大江が眉を寄せて、お兄様を見つめる。

そして更にむぅっと押し黙ったあと、小さく息をついて、再び口を開いた。

「あのう、鷹柾様……」

「何も間違ったことは言っていないよ？　大江。考えてもみなさい」

はらはらしているわたしを尻目《しりめ》に、お兄様は満面の笑顔で、扇で手を叩いた。

「些細《ささい》なことでへそを曲げてしまった、心狭き北の方のご機嫌取りをするのと、可愛《かわい》い可愛い愛すべき妹姫のご機嫌伺いという至福の時を過ごすこと。これは全然別のことなんだよ」

「……！」

お、お兄様……！　そ、それは……！

慌てて、ぴしりと扇を閉じる。

その音に女房たちがそっと頭を下げ、さやさやと静かに退室してゆく。

あとに残ったのは、鷹柾お兄様と、美峰《よしみね》お兄様。そしてわたし——瑠璃の一の女房、大江。

……う。ど、どうしましょう……。大江も下がらせたほうがいいかしら。なにやら、雰囲気《ふんいき》が不穏なことになってきているし……。

そう思っても、ひたと見つめ合ったまま微動だにしない二人のただならぬ様子に、どうにも口を挟む勇気が持てず、そわそわするしかない。

白の直衣《のうし》姿がとても鮮やかで、烏帽子《えぼし》が凜々《りり》しいお兄様方。

鷹柾お兄様は、少し鋭いけれど涼やかな切れ長の瞳《ひとみ》に、引き締まった精悍《せいかん》な頰《ほお》。左大臣は藤《ふじ》原《わらの》義忠《よしただ》が嫡子《ちゃくし》。家柄も良く、目を瞠《みは》るほどの美男子であるだけではなく、とても有能でいらして、今上《きんじょう》だけではなく、先の帝《みかど》の覚えもめでたいとのこと。今は中納言《ちゅうなごん》。二十五歳という年齢で、それはとても素晴らしいことなのだとか。

美峰お兄様は、女人《にょにん》のように優しげで穏やかな瞳をして、肌の色も白く、物腰は上品で、光《ひかる》源氏《げんじ》もかくやと言われる方。おっとりしていらっしゃるけど、やはりとても有能でいらして、二十一歳で、参議《さんぎ》と近衛中将《このえのちゅうじょう》を兼任されている。

ええと……わたしは宮中のことにはあまり詳しくはないのだけれど……唐《から》風には、参議を『宰相《さいしょう》』と呼ぶのですって。だから美峰お兄様は、宰相中将《さいしょうのちゅうじょう》と呼ばれているのですって。

ちなみに、確か参議は、太政官《だじょうかん》に置かれた、大臣、大納言、中納言に次ぐ位置づけのはず。

ご、ごめんなさいね？　瑠璃は、この新年に十五歳になったばかりなのです。夏には入内《じゅだい》を控える身なのですから、お勉強しなくてはいけないのだけれど、男の人の世界は、未《いま》だよくわかりません。凄《すご》いと説明されても、あまり実感が湧《わ》かないのです。

ただ、わたしには四人のお兄様がいて、皆様とてもご立派な方なのです。その中でも、鷹柾お兄様と美峰お兄様は、ことのほかわたしを可愛がってくださっていて……。ですから……その……それによって些細な軋轢《あつれき》があるのも、また確かなのだけど……。

「………」

扇越しにそろそろと二人を窺《うかが》うも……う。駄目《だめ》だわ。鷹柾お兄様はにこにこしていらして、大江はそんなお兄様をにらみつけていて、美峰お兄様は……え？　お外を見てらっしゃるわ。え……？　退屈なさっているのかしら……。それとももしかして、わ、我関せずを決め込んでいらっしゃるのかしら……。

「……ご理解いただけてないようですので、再度申し上げますと」

「いや？　理解していないわけではないよ。人を、そこまで莫迦扱いしてもらっては困るな。大江。優先順位を間違えては、角が立つと言いたいのだろう？」

「……！　おわかりなのでしたら……！」

「わかっているとも。しかし、だ。大江。体面などを気にして、したいこともできない生活は窮屈《きゅうくつ》で仕方がない。我が愛《いと》しの妹姫は今頃何をしているのかと、寂しい思いなどしていないだろうかと思い悩み、北の方の話もろくに耳に入らなくなったら、それはそれで大問題だと思わないか？」

「は……」

大江が目を見開き、まじまじと鷹柾お兄様を見つめる。

その顔には、あのう……こういう悪い言葉を使うのはどうかと思うのですが……しかし他に適当な文句が思いつかないので言いますと、『こいつ莫迦か！』と、それはもうしっかりと、ありありと、まざまざと書いてあって……。

わたしは「ああ……」と小さく声をもらすと、扇で顔を隠した。

「大体、妹を可愛がって、何が悪い。私はね、大江。源氏君《げんじのきみ》のように、たくさんの姫と浮名を流すようなことはしていないよ。夜遊びもせず、妻も一人きりだ。その妻も別に放っておいたりはしていない。それで何故、不興を買わねばならないのか。不思議でたまらないよ」

「……ですから、全てにおいて姫様を最優先するという、その態度を改めなさいませ。本来、鷹柾様が最優先すべきなのは、北の方様であるべきで……」

「いいじゃないか。瑠璃は、夏には入内するんだよ？　これまでのように気安く会うことは、もう叶わなくなるんだ。夏までの時間を精一杯惜しんで、何が悪い」

「……ですから、お気持ちはわかりますが、そう胸を張るようなことではなく……」

深いため息とともに、大江が肩を落として下を向く。

呆れかえっているのか、それとも言うだけ虚《むな》しくなってきているのか、その声は徐々に小さくなっていって……。

それに気づいたのか、美峰お兄様が、大江へと視線を戻して、にっこりと微笑まれた。

「終わったかい？」

「っ……？　お、終わ……？」

「大江もそろそろ学ぶべきだね？　どれだけ理《ことわり》を説いたところで、兄君は所詮《しょせん》、全て御自身のやりたいようにやる御方なんだよ。つまり、兄君に何かを改めさせるなんて、無理なんだよ。大江もね、瑠璃のためなのはわかるけれど、兄君に何かを説くなんて、馬の耳に念仏どころの話ではないのだから、そろそろ諦《あきら》めてもいいと思うんだけど」

「……大変、説得力のあるお話で」

「事実、そうだからねぇ」

がっくりと肩を落とした大江に、美峰お兄様がくすくすと笑われる。

「別に、直接何かを言われたわけではないのだろう？　瑠璃」

急に話しかけられて、わたしは慌てて顔を上げて、「は、はい」と頷《うなず》いた。

「何も。御文などは、いただいておりません。ただ……その……噂で耳にしたのですわ。敦姫《あつひめ》様が、和泉の縁の荘園へと引き籠《こ》もってしまわれたと。そして……その原因が……瑠璃にあるのではないかと……」

「やれやれ。噂好きの女房にも困ったものだね」

う……。

女房の教育ができていないと言われているようで、わたしはかぁっと顔を赤らめて、俯《うつむ》き、もごもご「も、申し訳ございません……」と呟《つぶや》いた。

「ですが……そのぅ……」

や、やはり……そのぅ……。

「いやいや。怒っているわけじゃないよ。瑠璃の気持ちもわかる。そういう噂が耳に入っては心中穏やかではいられないだろうね。大江だって、兄君に小言の一つも言いたくなるだろう。それは仕方ないよ。あながち、間違ってもいないからね。正しくもないけれど」

え……？

そのおかしな言い回しに、わたしはぽかんとして美峰お兄様を見つめた。

間違っていないけれど、正しくもない……？　え……？　それって、どういう……？

「あのう、美峰お兄様……？」

「なるほどね。それで瑠璃は、少し沈んでいたんだね。安心なさい。敦姫様は、瑠璃に不快な思いをなされたわけではないよ。瑠璃を嫌ってもいらっしゃらないから」

「……！」

その言葉に、思わず立ち上がり、御簾の隙間《すきま》からそっと顔を覗《のぞ》かせる。

大江がびっくりして「こ、これ！　はしたない！」と言うのを制して、「本当に……？」と尋《たず》ねると、美峰お兄様が笑って頷かれる。

大江が「姫様！」と咎《とが》めるような声を上げたけれど、わたしは……だってこれはとても気になっていたことなんですもの。我慢できずに、更に御簾をずらして一歩踏み出した。

「瑠璃は、敦姫様に、ご迷惑をおかけしてない……？」

「もちろんだよ。そもそも、噂のとおりだったとしても、非は兄君にこそあれ、瑠璃にはないはずだけどね」

「でも……。ああ、本当に、敦姫様はお怒りではないの？　瑠璃は……」

「大丈夫だよ。瑠璃には怒っていないよ。それどころか、入内前に是非《ぜひ》、一度お会いしたい。お話をさせていただきたい。何もできないけれど、義姉《あね》として、寿《ことほ》ぎをさせていただきたい。そう申されていたよ。お声はお健《すこ》やかで淀《よど》みなく、含みがあるようには感じられなかったな。だから、大丈夫」

「……！　ほ、ほんとう？」

思ってもみなかった喜ばしい言葉に、一気に心が晴れやかになる。

わたしは、御簾をはね上げるように、美峰お兄様の前に進み出た。

「美峰お兄様、本当ね？　嘘《うそ》ではないのね？　信じていいのね？　敦姫様は、本当に、瑠璃を不快に思っていらっしゃらないのね？」

「もちろん。私が、瑠璃に嘘をついたことが一度でもあるかい？」

「もちろん。ないとは申しませんわ。瑠璃は嘘がつけませんもの」

「……！　これはこれは」

美峰お兄様が、一本取られたとばかりに、扇で口元を隠し、くすくすと笑われる。

わたしはその傍《そば》に膝《ひざ》をつき、ずいっと美峰お兄様のほうへと身を乗り出した。

「本当ね？　誓ってくださる？」

「誓うとも。ああ、そうだ。前に瑠璃は、敦姫様に、兄君が姫に贈った唐猫《ねこ》について尋ねただろう？　そのことも仰《おっしゃ》っていたよ。とても可愛らしく、見ているだけで楽しい。一緒に遊ぶのはもっと楽しいと。後宮の決まりごとなどは存じませんが、もし許されるのであれば、是非瑠璃様もお飼いなさいませ。きっと心癒《いや》されることでしょう。そう仰っていたよ。嫌っている相手に、そんなこと言うと思うかい？」

「……！」

ああ……っ！　良かった……っ！

思わず微笑み、胸を撫《な》で下ろす。

ああ、本当に良かった！　それだけが気がかりだったの。わたしがお兄様の御厚意に甘えていたばかりに、敦姫様を傷つけていたらどうしようって。敦姫様にご迷惑をかけていたらどうしようって。

女房たちの噂を耳にしてから、本当にそればかりを考えていたのよ。

ずっとずっとそれが、心の奥に、棘《とげ》のように刺さっていたの。

でも、本当に、敦姫様が、わたしのことを厭《いと》わしく思ってらっしゃらないのなら……！

「良かった……！　ああ、良かった……っ！」

「繰り返すけどね、瑠璃はそもそも、真実が噂どおりだったにしろ、そうでなかったにしろ、恨まれる謂《い》われなんてないんだよ。瑠璃は何もしていないんだから」

「でも、瑠璃がお兄様に甘えてばかりなのは、本当のことですもの。瑠璃もそろそろ、お兄様離れをしなくては。だって瑠璃は、遅くとも夏には入内するのですもの。今上にお仕えするのですもの。いつまでも甘えてばかりではいられませんわ。いつまでも不出来な義妹《いもうと》に、お義姉《ねえ》様がお怒りになるのは、不思議なことではないでしょう？」

「やれやれ。寂しいことを言うね。兄離れなんて、してくれなくていいんだよ？」

これは、鷹柾お兄様。

その言葉に、大江があからさまなため息をつく。

わたしは慌てて、大江を目でたしなめ、鷹柾お兄様ににっこりと笑いかけた。

「でも、それでは、今上が困ってしまわれますわ」

「まぁ……そうなんだけどね？」

「瑠璃は今上に、これ以上はないという幸せをいただくのです。瑠璃にできることは、きっと少ないでしょうけど……。でもお力になりたいのです。お支えしたいのです。それにはまず、瑠璃がしっかりしないといけませんでしょう？　それに瑠璃は、この新年で、十五歳になったのです。いつまでも甘えてばかりいられませんわ」

わたしの言葉に、鷹柾お兄様が苦笑をもらして「そうだね」と頷かれる。

そしてふと、何かに気づいたように扇を口元に当て、美峰お兄様へと視線を移された。

「それにしても、お前。やけに人の家のことに詳しいね。唐猫の話など、いつ？」

「もちろん、敦姫様が和泉へ籠もられて、すぐに。つまり、先の年の暮れに」

「ええ？」

それは意外な言葉だったのか、鷹柾お兄様が目を丸くなさる。

「暮れに、行ったのか？　和泉まで？　わざわざ？」

「ええ、もちろん。年が明ければ、行事でしばらくは忙しくなります。特に、御代《みよ》が替わったばかり。今上の御代を讃《たた》えるため、全てが華々しいものとなるでしょう。そうなれば、睦月《むつき》は大忙しとなるはず。おそらく和泉に行く暇はないと考えましてね」

「……ああ、なるほど……」

「案の定、兄君は和泉に向かう時間を見つけられず、お困りのようですから。本当に良かったですよ。暮れに私が、不出来な兄で申し訳ございませんと、姫にしっかり頭を下げておいて。姫を心より大切に想っていても、それをどう示していいかわからない。おまけに二つのことが同時にできない、不出来で無粋な屑《くず》で申し訳ございません。どうぞ睦月は、こちらでゆるりとお過ごしくださいませ。めくるめく忙しさに妻の助けなく奔走《ほんそう》すれば、姫の有難《ありがた》みが身に滲《し》みることでしょう。良い機会ですから、どうぞ、性根《しょうね》を叩き直してやってくださいませ。ですがその分、如月《きさらぎ》に入り、兄が憔悴《しょうすい》しきって和泉を訪れた際には、なにとぞご寛恕《かんじょ》を、と」

「……！　まさか、そう言ったのか？」

「ええ。寸分違わず」

え……？　ええ？

あんまりにもあんまりな言葉に声を失っていると、これには鷹柾お兄様も、やれやれとばかりに息をつき、扇を開いて顔を隠しておしまいになった。

「……どうりで。使いをやっても嫌《いや》みの一つすらなかったわけだ。いつもなら、一向に迎えに現れぬ私に『やはり私のことなどどうでもよろしいのでしょう！』などと言って、酷《ひど》い癇癪《かんしゃく》を起こしているだろうに。しかし今回に限ってその様子が微塵《みじん》もなく、薄気味悪く思っていたのだが。なるほど……。お前の仕業か」

「ええ。姫の不在は兄君にとって、とても痛いことなのだと教えて差し上げました。決して、鬼の居ぬ間に羽を伸ばしているようなことはないと。ですから、むしろひと月は帰らず、兄君にお灸《きゅう》を据えて差し上げませ、と」

「……やれやれ。実際、痛いよ。北の方でなくてはわからぬこともあって、処理できぬものが溜まりつつある。家令《かれい》が、早く迎えに行けとせっついてくるが、実際、そんな暇などないし、だから必死に文を書き、使いをやっていたのだが……。これは間違いなく、如月に入って、私自身が出向くまで、和泉で羽を伸ばしていることだろうな。癇癪を起こされないのは助かるが、かといってあちらでひと月以上もゆるりとされてはな……。やれやれ。なんてことをしてくれたんだか。お前、私に何か恨みでもあるのか」

「ええ。いろいろと」

少し恨みがましげな鷹柾お兄様の言葉に、美峰お兄様があっさりと頷かれる。

再び、鷹柾お兄様がため息をつかれて、わたしはおずおずと美峰お兄様を見つめた。

「あのぅ……美峰お兄様？　噂は正しくないとのことでしたが……。敦姫様は、瑠璃のせいで和泉へ行かれたわけでは……」

「え？　ああ、違うよ。だから、瑠璃は本当に、何も気に病む必要はないんだよ。原因は夫婦喧嘩《げんか》。それも、瑠璃とは全く関係ないところでの、ね」

「……！　そうなのですか？」

「そう。兄君は本当に無神経だからね。また、敦姫様に不快な思いをさせてしまったんだよ。ただそれだけのことだよ。ああ、ちなみに、間違っていない部分は、口喧嘩の際に、敦姫様がうっかり瑠璃の名前を出してしまったこと。『瑠璃姫様ほどには愛していただけない』という言葉は作りごとではない。実際にそう仰ったんだよ。でもそれは、売り言葉に買い言葉というものだよ。本当に瑠璃が憎くて仰ったわけではないんだ。それはさっきも言ったとおりだよ」

「ああ……。そういうこと、ですか……」

良かった……と、胸を撫で下ろしてもいいのかしら。

ああ、でも……諍《いさか》いの原因も瑠璃ではないのなら、ほっとしてもいいところ……よね？

そりゃ、どのような理由にしろ、お二人は喧嘩なさっているのだから、それはよくないことだし、あからさまに安心してはいけないのだろうけど……。でも、やっぱり、ねぇ……？

ああ、でも、やっぱりほっとしてしまうわ。ずっと気になっていたことですもの。

だってわたしは、敦姫様が大好きなんだもの。敦姫様は聡明《そうめい》でお美しくて、とっても素敵な御方。実は、こっそり憧《あこが》れているのだもの。

だから絶対に嫌われたくなくて……。ああ、良かった！　本当に良かったわ！

わたしは胸を押さえて息をつき……しかしすぐに、美峰お兄様に視線を戻した。

「あら……？　では先ほど、鷹柾お兄様が、大江に対して仰られたことは……」

「ああ、それね？　兄君は、ただ単に大江をからかっていただけだよ。大江は、物怖《ものお》じせず、兄君につけつけと言いたいことを言うだろう？　それを面白がっていただけのこと。北の方を迎えに行かないのは、その時間が本当にないからに過ぎない。こちらにご機嫌伺いに来るのがやっとの状態なんだよ、今は本当に。決して、敦姫様より瑠璃を優先しているわけじゃないよ。むしろ時間さえあれば、すぐにでも和泉へ行きたいぐらいなんだよ」

「んまぁ！」

瞬間、大江が声を上げて、ぎっと鷹柾お兄様をにらみつける。

「なんという性根の悪さでしょう！　信じられませんわ！」

「お、大江……」

そ、そんな、はっきりと……。

「そういうところなんだけどねぇ？　兄君が面白がるのは」

「ですから、それがいやらしいと言っているのですが」

つんとして、再び大江が言い放つ。

流石《さすが》に、あまりに不躾《ぶしつけ》のような気がして、たしなめようとした時、大江がぎろりとこちらをにらみ、わたしはびくりと肩を震わせた。

「姫様？　もうお気は済みましたでしょう？　どうぞ、御簾の中にお戻りくださいませ」

「え？　あ……。そ、そう……ね……」

思わず首を竦《すく》めると、鷹柾お兄様が不満げにため息をつかれる。

「固いことを言うんじゃないよ。大江。いいじゃないか。少しぐらい。身内なんだし」

「一体何がよろしいのです。左大臣は藤原義忠《ふじわらのよしただ》が女《むすめ》であり、夏には女御《にょうご》ともなられる御方が、身内の前だからといって品を失って良いとでも？」

う……。

「あ、あのね？　大江……」

「姫様。はしたのうございますよ。どうぞ、御簾の中に」

「あ、は……はい……」

「いいよ。瑠璃。そろそろ私たちは失礼しなくては。明日も明日で、忙しいからね」

大江の言葉に思わずしゅんとしたその時、美峰お兄様が不意にそう仰って、すらりとお立ちになる。

それに続いて、鷹柾お兄様も、ぱちんと扇を閉じ、お立ちになる。

「え……？」

もう、お帰りに……？

もっとゆっくりしていかれると思っていたのに……。

戸惑い気味にお二人を見上げると、お二人とも目を優しく細め、とても穏やかで、温かい、大好きな微笑みを、瑠璃に向けてくださった。

「久々に瑠璃の笑顔を見られて、嬉しかったよ。最近はずっと、御簾越しの対面しかしていなかったからね。大江はうるさいけれど、こうして家族として気を抜いて語り合えるのも、あとわずかなのだから」

「そうだよ。瑠璃。あとわずかなのだから、それまでは兄離れなど必要ないよ。大いに甘えておくれ。そのほうが私たちも嬉しい。うるさい大江などは、無視してしまえばいい。寒い日が続くけれど、健やかに」

お二人から「うるさい」と言われ、大江がむっとしたように眉を寄せる。

でもお二人のお言葉はとても優しく、温かくて……。

だからこそ、それはとても心に響いて……。嬉しくて嬉しくて、たまらなくて……。

そして嬉しくてたまらないからこそ、寂しくても、もう少しとねだりたくても、それはできなくて……。

「…………」

そうね。わがままを言ってはいけないわ、瑠璃。お二人とも困ってしまわれるわ。そんな駄々をこねるような歳《とし》ではないでしょう？　ご迷惑をかけてはいけないわ。

わたしは気持ちをぐっと抑《おさ》えてにっこりと微笑むと、指をつき、深々と頭を下げた。

「ありがとう存じます。お兄様方も。新年、お忙しいとは存じますが、どうぞ病など召されぬよう、お身体《からだ》、おいといくださいますよう」

顔を上げ、再び満面の笑顔をお二人に向ける。

次はいつ、わたしを見ていただけるかわからないから、これが最後となっても、お兄様方がわたしの笑顔をいつも思い出してくださるように。

「お会いできて、瑠璃も本当に嬉しゅうございました。またいつでも、おいでくださいませね。お待ちしております。鷹柾お兄様。美峰お兄様」

そんなわたしに、お二人もまた、底抜けに優しい笑顔を向けてくださる。

「もちろんだ。瑠璃」

「今度はもっとゆるりとできる時にね。瑠璃」

わたしは頷いて、扇をぱちんと音を立てて閉じた。

「大江、お兄様をお送りして」

「かしこまりまして」

大江がわたしに頭を下げ、布擦《きぬず》れの音も雅《みやび》やかに出てゆく。

お兄様方も、もう一度わたしに微笑みかけたあと、大江について出てゆかれた。

「…………」

さやさやと遠ざかってゆく足音と気配に耳を澄まし、ほうっと息をつく。

ぽつんと一人残され、急に寂しくなってしまう。そわそわと視線を彷徨《さまよ》わせ、ふと、傍《かたわ》らに置かれていた、お兄様方からの贈り物が視界に入って、誘われるようにそちらを見た。

朧月夜《おぼろづきよ》に、咲き誇る桜が実に見事な螺鈿《らでん》細工の文箱。

「……綺麗《きれい》……」

月は輝かんばかり。月の光に照らされた桜の枝ぶりは見事で、花も、夜空に舞う花弁の一枚一枚も、不思議な光沢を放ち、うっとりするほど。

なんて、綺麗。

そっと手で花弁を撫で、そしてそれを引き寄せ、胸に抱いて立ち上がる。

そして二階厨子《にかいずし》の前へ行き、そこから今まで使っていた文箱を取り出した。

「今上からの御文だけ、全てこちらに移しましょうか」

今上からの御文は、全てがわたしの宝物。

この見事な、とても美しい文箱に収まるのが、とても正しいことに思えた。

「…………」

先の年の夏にいただいた、茜《あかね》色の立派な御料紙《ごりょうし》の御文をそっと取り出し、ふと微笑む。

指先にまとわりつく香りは芳《かぐわ》しく、それだけでなんだか誇らしく、幸せな気分になれる。

幸せ。本当に幸せ。お父様《もう》にお母様《たあ》に、お兄様方に愛していただいて、妹たちも、姉様姉様と慕ってくれて、そして今上に望まれて……。

なんて幸せなのだろうと思う。流れる時間は常に優しく、穏やかで……。

その御文をそっと抱き締め、新しい文箱へと移す。

更に一つ一つ、想いのこもった御文を、丁寧に移してゆく。

幸福感に包まれ、御文から香る今上のお香に、胸を弾ませながら。


本来ならば、先の年に、瑠璃は、その時はまだ東宮《とうぐう》であらせられた今上のもとに、入内するはずでした。

その更に前の年。裳着《もぎ》……成人の儀式を終えた時より、当時は東宮候補であらせられた今上より、御文をいただくようになりました。

はじめていただく求婚の御文。それも、東宮の候補に名が挙がるほどの御方からの。

それだけでも誉《ほま》れ高くて、天にも昇る気持ちなのに、その御文も、手蹟《て》はうっとりするほど流麗で、墨跡《ぼくせき》も鮮やか。紙もいつも趣味がよろしく、とても立派なもので……。

わたしはすぐに魅せられ、それが届くのを心待ちにするようになり……。

ええと、普通の『結婚』というものは、男性が世間の噂などを頼りに意中の女性を探します。

自分の求む女性を探しあて、恋をした男性は、その女性に恋文を送るのです。

貴族の姫の場合、それを最初に読むのは、お父様《もう》やお母様《たあ》、乳母《ばあ》やや腹心の女房で、姫自身ではありません。まずは最初に、姫の身の回りの者が読み、その男性を評価します。

そして、その方々が、『この男性は、うちの姫君にふさわしい』と判断してはじめて、その御文を姫に渡すのです。

その御文がどれだけ素晴らしくて、そこから窺える男性のお人柄にどれだけ魅せられても、姫はすぐにお返事をすることは、はしたないことなのです。

ですからどれだけ御文を心待ちにしていても、わたしもすぐにはお返事はしませんでした。

でもそれにめげることなく、男性はせっせとまめまめしく御文を送るのが当たり前で、当然わたしのもとにも、今上よりたくさんの御文が届きました。

そしてほどよきところで、まずは女房の代筆でお返事を。その後、直筆でお返事。

そうして本人たちの心が通じ合い双方の身内の同意も得られると、吉日を選んで、姫の女房に手引きを頼み、夜、男性が姫のもとへと忍び……えっと……そのぅ……と、ともに……その、い、一夜を過ごすのです。

翌朝……朝といっても日の昇らぬうちに男性はそっと帰り、後朝《きぬぎぬ》の歌という御文を姫に送ります。これは、早ければ早いほど、男性の誠実さを表すのだとか。

それを三晩続けることが、男性の結婚の意思となります。一晩や二晩しか通わない場合は、それは浮気なのですって。男性は本気ではないのですって。

そして三日目の晩、三日夜《みかよ》の餅《もち》を供《そな》え、夜が明けて、『露顕《ところあらわし》』という、姫の両親や親類、知人との対面があり、祝宴……披露宴《ひろうえん》が行われて、おしまいです。

しかし、わたしの場合は、お相手が東宮の候補に名が挙がっている方。そして、わたしが直筆でお返事をするようになった頃、東宮位におつきあそばされました。

年が明けて、瑠璃が十四歳になって、少しした頃のことです。

東宮とは、当然ながら、いずれは帝となり、世の頂点に立たれるお方のこと。

そんな御方の結婚は、先ほど説明した、一般的なそれとは、当然違うのですよ。

東宮様御自《おんみずか》らが夜の都を忍ぶなど、とんでもない話です。危なくて仕方がありませんもの。ですから、東宮様は、苦労して姫の部屋までお忍びになる必要など、ありません。妃《きさき》になることを認められた女性の方が、内裏《だいり》に……後宮に入るのです。これを入内といいます。

東宮様の御結婚は政治的な要素も強く、水面下では様々な駆け引きが行われると聞きます。

その辺は、わたしにはまだよくわからないところなのですが。

わたしのわかる部分で言えば、入内のための御仕度は、姫の家で全てを取り仕切ります。

ええと、つまり、御道具を揃《そろ》えたり、御衣裳を作ったり、とにかく一切合財、全てです。

人もお金も大きく動きます。ですから、準備にはたっぷりの時間をかけます。

そのため、瑠璃の入内は夏。十四の歳《とし》の夏と決まっていました。

ふと手を止め、春らしい桜色の漉紙《すきがみ》の御文をじっと見つめる。

わたしは一つ息をつき、庭のほうへと視線を向けた。

しかし春先。まだ桜の蕾《つぼみ》も膨らまぬ頃。突然、先帝――東宮のお父様が崩御《ほうぎょ》なさってしまうのです。

本当に突然のことでした。誰も予想だにしていませんでした。

病を得て、それから氷の上を滑るように、御隠れになっておしまいに……。

当然、東宮様が皇位におつきあそばされます。

突然帝が崩御なされるという凶事に、人々の心は乱れ、ざわめき、そして悲しみ、粛々《しゆくしゆく》と喪《も》に服す中、慌ただしく様々な皇位継承の儀式が行われました。

御代が替わるのです。それは国を挙げてのこと。

お父様《もう》も、お兄様方も、それはもうたとえようもないほど忙しくなさっておいでででした。東宮様におかれては、もっとでしょう。悲しむ暇もなかったのではないでしょうか。

東宮様……いえ、今上となられた帝の御心を思うと、わたしはいてもたってもいられませんでしたが……しかし国中が喪に服している時に入内はできません。慎《つつし》まねばならないのです。

わたしの入内は延期となりました。最初は、御代が落ち着くまでと伺いました。

屋敷からめったに出ない女の身で、かつ政治のことにはめっぽう疎《うと》いわたしは、それがいつなのかわからず、とても心細い思いをしておりました。

ようやく、冬になろうかという頃に、「遅くとも、来年の夏には。早ければ、春に」というご言葉をいただき、ほっと一息つくことができました。

ですが……そのぅ……わたしには宮中の様子を知る術《すべ》が、あまりありません。お父様《もう》やお兄様たちにお話を伺う程度です。

でもそもそも、帝の玉顔《ぎょくがん》を拝すことはとても畏《おそ》れ多いことで、あまりないことなのですって。

今上の覚えめでたいお父様やお兄様たちでも、普段は御簾越しの対面が基本なのですって。

そして、帝ともなると、口にする言葉も尊いということで、帝は極力、言葉少なに話されるものなのですって。

そうなると、お父様《もう》やお兄様たちでも、今上の御心を伺うことは、とても難しいとのこと。

それが私的な部分となれば、尚更のことで……。

お忙しいことはわかるのです。御代が替わったのですもの。当然です。

そして今は喪に服している時なのですもの。全てのことは慎むべきなのです。

それはわかっているのですが……。

先帝がお隠れあそばしたあと、三月《みつき》も御文が途絶え、その後ようやく来た御文は、御料紙は立派なものでしたが、現状の報告をするという……御文というよりも書状というのが正しいのではと思うもので……。

その後も、ぽつぽつと来る御文……いいえ、書状は、やはり現状を説明するものばかり。

「どうぞ待っていて欲しい」という温かな言葉はあるものの、やはり浮ついたことは書かないようになさっているのでしょう。固い言葉ばかりで、今上の御心を……その悲しみや悩みすら窺い知ることはできず……。

知ることができなければ、お慰めすることもできなくて……。

いいえ、それが正しいのです。正しいのですよ？　わたしにもそれはわかっています。

浮ついた恋歌など、交わすべきではありません。それは当然のことです。

でも、今上の御心を知ることが叶わないのは、とても寂しく……。お慰めすることすらできないのは、とてももどかしく……。

そう……そうなのです。瑠璃には何もできないのです。ただ待つことしか。そして祈ることしか。

それはとてももどかしく、口惜しい。

瑠璃は女で、子供で、政治の仕組み、世の中の理すら、よくわかりません。

そんな瑠璃が、今上のお力になりたいと、望むことすらおこがましいのかもしれません。

けれど、全てが整うまで、何もせず待つというのは……とてもつらく……。

ですから、そのぅ……そう。もう少し、お話ししたかったのですわ。お兄様方と。お兄様方と過ごす時間は、とても楽しいですから。

無力を感じながら御文を待つ生活は、とても不安で、寂しいものですから……。

「ただのわがままだと、わかってはいるのだけれど……」

ため息をついて、文箱の蓋《ふた》を閉める。

そしてそれを二階厨子にしまうと、ずりずりと移動。脇息《きょうそく》をかたんと倒して、枕にすると、その場にころんと寝そべった。

ふーっと息をつき、ころんと更に仰向けに転がり、天井を見やる。

「……早く、夏がくればいいのに……」

夏が来たら、お会いできるのに……。

「賜《たまわ》る御殿は何処《どこ》になるのかしら……」

入内すると、帝より御殿を賜ります。妃《きさき》はそこで生活するのです。

そしてその後は基本、人々にはその御殿の名で呼ばれるようになります。

たとえば、帝から承香殿《じょうきょうでん》を賜った女御様は、承香殿女御《じょうきょうでんのにょうご》様と呼ばれるのです。

「今は、淑景舎《しげいしゃ》……桐壺《きりつぼ》と、承香殿に女御様がいらっしゃったはずだけど……」

わたしは、何処になるのだろう？

わたしは、なんと呼ばれることになるのだろう？

後宮での生活は、一体どんなものなのだろう？

そして、今上は、どんな方なのだろう？

今上は、わたしを気に入ってくださるだろうか？

そうだ……。わたしが入内したら、わたしのためだけに吹いてくださると、約束してくださった今上得意の笛は、どんなに美しい音を奏でるのだろう？

「…………」

そっと目を閉じる。わたしはそっとため息をついて、ころんと転がった。

まだまだ肌に触れる空気は冷たく、火桶《ひおけ》が欠かせない。

新しい文箱は満開の桜が描かれていたけれど、現実はまだ蕾すら膨らむ気配もなく……。

「……夏は、遠いわ……」

まだまだ待たなくてはいけないと思うと、少しうんざりしてしまう。

早くお会いしたいのに。

早くお傍に上がりたいのに。

たくさん、たくさん、お話ししたいことがあるのに。

「……今上……」

まだ見ぬ面影を追い、ぽつりと呟く。

わたしはぎゅうっと扇を胸に抱きしめた。

「……成平《なりひら》様……」

二章　甘美な天の矢に身を貫かれ

それは、突然のことでした。

「え……？　今上《きんじょう》……から、御使者が……？」

大江《おおえ》の言葉に、思わずぱちくりと目をしばたたく。

「はい……。おそらく、ですわ。流石《さすが》に、表立ってそう名乗ることはされませんでしたが」

大江がぎゅっと眉《まゆ》を寄せたまま、ひどく不可解そうに言う。

わたしもまた眉を寄せると、扇《おうぎ》で口元を隠した。

「御文使いではなく、御使者……」

「ええ。姫様……。一体どういうことなのでしょう？」

「……わからないわ。だって今日はまだ十日でしょう？」

新年は宮中行事が目白押し。

ええと……宮中の行事はまだ覚えたてなのだけど……確か七日に白馬節会《あおうまのせちえ》という……宮中にひかせてきた白馬を帝《みかど》が御覧になり、のちに宴《うたげ》を催《もよお》すという邪気祓《じゃきばら》いの行事があったはず。

その後は、十一日から十三日の間に春の叙目《じもく》があって……更に十四日と十六日に踏歌節会《とうかのせちえ》という舞の儀式と、それに伴う宴があって……ええと～……。

十七日には、射礼《じゃらい》という儀式が。これは建礼門《けんれいもん》の前で、親王以下五位以上の者ならびに六衛府《ろくえふ》の官人が弓を射るのを、帝が御覧になる儀式。

十八日には、賭弓《のりゆみ》。弓場殿《ゆばどの》で左右近衛府《このえふ》・兵衛府《ひょうえふ》の舎人《とねり》たちが弓の技を競うのを、帝が御覧になる儀式が行われます。

二十日あたりには、内宴《ないえん》。仁寿殿《じじゅうでん》に帝がおでましになり、文人を招いて、大臣奏上のお題にそった詩文をつくらせ、御前で読みあげさせ、舞姫が舞を奏する。

と……本当に、邪気祓いの神聖な行事だったり、これぞ宮廷といった華々《はなばな》しくもおめでたい行事が、たくさんあるのです。ですから、お父様《もう》もお兄様方もとてもお忙しくて、八日にこちらに少し顔を見せていただけたのも、かなり無理をして時間を作ってのことのはずで……。

つまり、今上もとてもお忙しいはずなのです。今は、とても。

それなのに、御使者……？

「あ、あの……大江？　御使者殿は、なんて……？」

「今上の姉宮様の御名代《ごみょうだい》とのことですわ」

それって……姉宮様よりの御使者ってことよね？

え……？　でもわたし、今上の姉宮様を存じ上げないのだけれど……。

あ……！　そっか……そうよね。だから、それは『表向き』なのだわ。

帝ともあろう御方が、ただの一貴族の娘に御使者を遣わすなどということは、本来あってはならないこと。私的な御文を送るのとはわけが違い過ぎます。

ですから、表向きを姉宮様よりの御使者とする。

姉宮様が、いずれ義妹《いもうと》になる姫に御使者を送るというのは、有り得ることで……。周りへの口実としてはうってつけ。

しかし現実には、わたしはその姉宮様を存じ上げないから、本人はそれを不自然に思い、そしてその裏の意味に気づく……という寸法になっているというわけで……。

「………」

思わず扇で顔を隠し、そっと息をつく。

う、うーん。宮中のお約束事って面倒ね。本当に。何をするにも、建前が必要で。帝という御身分は、わたしが考えるよりも、とても窮屈《きゅうくつ》なものなのかもしれないわ……。

「……近江《おうみ》」

ぱちんと扇を閉じ、簀子縁《すのこえん》に控えていた女房《にょうぼう》に声をかける。

「お通ししてちょうだい。くれぐれも失礼のないように。大江。少納言《しょうなごん》。お部屋を整えて」

「お、お待ちくださいませ。姫様。御使者はそのぅ……殿方でいらして……」

「えっ？」

大江の言葉に、わたしはびっくりして目を丸くした。

ええっ？　にょ、女房や命婦《みょうぶ》ではないの？　か、仮にも姫への御使者なのに？

一瞬絶句したものの……けれどもかと言って、会わないわけにもいかない。実質は、今上の御使者でいらっしゃるわけだし……。いいえ。表向き通り姉宮様の御使者だったとしても、瑠《る》璃《り》ごときが会わずに追い返すことなど、許されるわけもない。

「そ、それでもよ。大江。だって、今上よりの御使者殿を、まさか庭先にお迎えするわけにもいかないでしょう？　す、簀子でも、もしかしたら失礼にあたるのでは……」

ああ、こういう時はどうしたらいいの？

宮中のお約束事などは、ほ、本当に、まだ勉強中で……。

どうしてよいやらわからずにおたおたするわたしに、大江もまた、やや顔色を失ったまま、もごもごと言う。

「いえ、それが……殿方ということで戸惑うわたくしたちに、御使者殿が自ら仰《おつしや》ったのですわ。簀子で結構ですので、姫様と対面願いたく存じます、と……」

「……！」

そう……なの……。

じゃ、じゃあ……そうさせていただこうかしら？

一瞬そう思ったものの、しかしすぐさま不安になり、わたしはふにゃりと眉を下げた。

普通のお客様であれば、簀子はそもそも応接にも使う場所。それでもいいのでしょうけど、果たして、今上の御使者をそこにお通しして良いものなのか……。だって一応、簀子は外ですもの。し、失礼にならないかしら？

そ、そもそも、今上ともあろうお方が、ただの一貴族の姫に御使者を遣わすことが、異例も異例のこと。ですから当然、その作法など、知るはずもなく……。

これが女性ならば、母屋《もや》にて応対をさせていただくのですが、か、仮にもわたしは、夏には今上のもとへ入内《じゅだい》する身。と、殿方をお部屋に招き入れるのは、そ、そのぅ……。で、できれば避けたいというか……。ひどくはしたない気がして、そのぅ……。

ああ、ど、どうしよう？　どうすれば、いいの？

わ、わたしは……瑠璃は……どうしたら……。

ああ、こんな時に、お父様《もう》やお兄様がいらっしゃれば！

「お、大江ぇ～……。仰るとおりにしていいのかしら？　それにもまた、裏の意味があったりしない？　ねぇ？」

「……申し訳ありませんが、大江にはわかりかねますわ。雲の上のこと過ぎて……」

「で、でも～……」

じゃあ、どうしたら……？

泣きそうになりながら、大江の小袿《こうちぎ》を引っ張ると、大江が小さくため息をついた。

「……姫様。ずるい考え方かもしれませんが……大江は、御使者殿の言うとおりになさるべきかと。たとえ、御使者殿の言葉に裏の意味があり、こう言われたらこうするべきという決まり事があったとしても、御使者殿の言葉どおりにして、よもや今上の御不興を買うことはないと思いますわ。それは無知で通りますもの。姫様は、まだそういった暗黙の了解をご存じない。だから素直に、御使者に従ったのだと」

「……！」

大江の言葉に、目を見開く。

「変に深読みをしたり、気を遣って、母屋まで通してしまうのはどうかと思いますわ。姫様は入内を控えていらっしゃいます。身を慎《つつし》むのは当然で、それをしたからといって、叱責《しっせき》されることはないと思いますわ」

「……そう、よね……？」

そう考えたら、そうよね……？

殿方を、母屋まで入れてしまうほうが問題よね……？

御使者殿の言葉に裏がなかった場合、わたしはひどくはしたない行いをしたことになってしまうのだから……。

「…………」

わたしは目を閉じ、心をできるだけ落ち着けると、大江の言葉を頭の中で繰り返した。

そうね……。繰り返すほどに、それが最善のことと思える。

「そう……よね……」

わたしは目を開き、ぐっとお腹に力を入れると、ぱしんと音を立てて扇を閉じた。

「近江。お待たせしてしまったわ。急いで御使者殿のもとへ。御案内して。少納言。簀子に席を整えて。大江。格子《こうし》を上げて。廂《ひさし》にわたしの席を整えて。急いで」

ぴしりと言うと、女房たちがささっと素早く動き出す。

わたしはどきどき早鐘《はやがね》を打ち出した胸を押さえて、ほぅっと息をついた。

今まで、親族以外の殿方と、一対一で対面したことなんて、あったかしら……？

いいえ。ないわ。お父様《もう》が開く宴に出たことはあったけれど、それだって、わたしは御簾《みす》の奥深くにいて、南庭に席を設けて殿方たちが宴に興じる様《さま》を見ていただけだったし……。

じわりじわりと、不安が胸の内を染めてゆく。

わたしはぎゅっと目を閉じて、震える両手で口元を覆った。

ああ、駄目《だめ》。駄目よ。瑠璃。しっかりしなくては。

いつまでもお父様《もう》やお兄様方を頼ってばかりではいけないわ。

入内し、女御《にょうご》になれば、ご機嫌伺《うかが》いなどで御殿を訪れる公達《きんだち》も、たくさんいらっしゃるはず。

それにいちいち動揺し、ビクビクしていては、女御などとても務まらない。今上にもきっと御迷惑をおかけしてしまうわ。お父様《もう》の恥となってしまうこともあるかもしれない。

平常心。平常心よ。落ち着いて。しっかりと対応しなくては。

必死にそう言い聞かせていると、大江が戻ってきて、「姫様」と、頭を下げる。

わたしは意を決して立ち上がり、袴《はかま》をさばいて、廂へと出た。

席に座り、一つ息をつき、ぐっと扇を握り締める。

わたしの目の前には几帳《きちょう》。その先に御簾が下ろされている。御使者殿に、わたしの姿を見せないのはもちろんのこと、わたしからも御使者殿が見えないようになっている。まぁ、几帳をずらせば見えるでしょうけど。

それでも不安は拭《ぬぐ》えるものではなくて、心臓が更に早鐘を打つ。うるさいほどに。

わたしはぎゅうっと扇を抱き締め、斜め後ろを振り返った。

「お、大江。そこにいてね？　動いちゃ駄目よ？　そこにいてくれなきゃ、駄目」

「……もちろん、ここに控えておりますわ。姫様」

「ぜ、絶対よ？　大江。大江がついててくれなきゃ、わたし……」

「大丈夫でございますよ。姫様。大江はここにおりますから。安心なさってくださいまし」

「…………」

大江がにっこりと優しく微笑《ほほえ》んで、こくりと頷《うなず》く。

けれど、それで不安が晴れるわけではなくて、むしろどんどんそれは大きくなっていって、わたしはぎゅっと胸の前で両手を握り合わせた。

どれほど、そうして震えていただろう？

実際には、とても短い時間だったのかもしれない。けれど、大き過ぎる不安からか、それはとても長い時間のように感じられた。

やがて、渡殿《わたどの》をさやさやと人が渡ってくる気配がして、わたしはびくりと肩を震わせ、顔を上げた。

先導する女房のひそやかな声が聞こえて、その気配がどんどん近づいてくる。

怖くなってしまって大江を振り返ると、大江が「大丈夫ですよ」と言うように、にっこりと微笑む。

「………………」

ほ、本当に……？

そ、そりゃ、今上の御使者殿だもの。それ相応の身分の方なのだろうし、わたしを害することなどあるはずもないわ。そういう不安はないわ。

むしろ、心配は逆よ。わたしのほうが御使者殿に何かをしてしまわないか。

だ、だって知らないもの。こんな時どうしたらいいかなんて、教わっていないもの。

大江だって、さっき「大江にはわかりかねますわ」って言ってたじゃない。「雲の上のこと過ぎて……」って。

大江を疑うわけじゃないけど、本当に大丈夫かしら……？

だって、大江だってこういう場合どうしたらいいのかはわからないのでしょう？　それならわたしが無礼を働いてしまったとしても、大江にもそれがわからないいんじゃゃなくて？

今回ばかりは有能な大江も、主人の足りないところや仕損《しそん》じたところを完璧に補って助けることなど、できないいんじゃなくて？

疑っているわけじゃないの。むしろこれ以上はないというほど信頼しているわ。

それでも不安なの。不安なのよ。本当に大丈夫なの？　本当に？

ああ……！　どうしましょう。どうしたら……！

思い悩むほどに不安が大きくなり、身がぶるぶると震える。

一向に気持ちを落ち着かせることなどできず……しかしそうこうするうちに、几帳と御簾の向こうで御使者殿が座る気配がして、わたしは更に背を震わせて、視線を戻した。

「お初《はつ》にお目にかかります。瑠璃姫様。お目通りをお許しいただき、ありがとう存じます」

「っ……！」

ああ……！　来てしまわれた。そう思って首を竦《すく》める。と同時に、さわりと布の擦《す》れる音をさせて、御使者殿が挨拶《あいさつ》をする。

その声を聞いた瞬間、どきっと心臓が大きく跳ねて、わたしは思わず目を見開いた。

「…………」

え……？　なぁに……？　今のは……。

今のが……御使者殿のお声なの……？

低くて、甘くて、優しく、雅《みやび》やかで……。少し掠《かす》れているけれど、朗々とした……今までに聞いたこともないほど、魅惑的な声。

それがわたしに、鮮烈な驚きをもたらす。

それまで感じていた不安など、一気に吹っ飛んでしまった。

「…………」

う……そ……。

なんて心地よく……そして人の心を揺さぶる声なのでしょう……。

麗《うるわ》しい楽《がく》を聴いているようだわ。胸に染み渡ってゆく……。

こんな素敵なお声、今まで聞いたことがないわ……。

その麗しい声に聞き惚《ほ》れるばかりで、もはや内容なんて頭に入ってきていなくて、大江の、「御苦労さまに存じます」という言葉で、口上《こうじょう》がまだ続いていたことに気づく。

や、やだ……。

ぼんやりしている場合ではないのに……。

流石に恥じ入って、扇で顔を隠すと、少納言がさやさやと中へと入ってきて、大江に何かを託す。

大江は頷いて、「姫様」と囁《ささや》いて、それをわたしへと差し出した。

「……！」

組《く》み紐《ひも》が美しく結ばれた、金の蒔絵《まきえ》も美しい文箱《ふばこ》。

わたしは目を見開き、それを受け取ると、そっとその紐をほどき、蓋《ふた》を開けた。

途端に香る、芳《かぐわ》しい香り。

それは、ここ一年以上もの間、とても身近にあって、慣れた香りで……。

「……成平《なりひら》様……」

わたしは小さく呟《つぶや》くと、中から美しく折りたたまれた文《ふみ》を取り出し、開いた。

桜色を基調とした麗しい継紙《つぎがみ》から、むせかえるような芳しい今上の香りが立ち上り、指先にまといつく。

かくばかり恋ひつつあらずは鳥なりて
　君恋ひ唄《うた》えば我《あ》を忘られず

このように貴女《あなた》に恋焦がれるばかりで、お会いすることも叶わず、ただ毎日嫌われてしまうのでは、忘れられてしまうのではと苦しむならば……いっそのこと鳥になりましょう。君への恋心を唄うだけの存在となりましょう。そのさえずりを、愛の唄を聞けば、貴女は決して私を忘れたりしないでしょう？

「……まぁ……」

いつもながら、墨跡《ぼくせき》も鮮やかな、美しい手蹟《て》に、感嘆のため息が漏《も》れてしまう。そしてそのお歌にも。

しかし、そこに込められた意味には、今回ばかりはくすりと笑ってしまった。いつもはうっとりとするばかりなのに。

だって……ねぇ？　それは杞憂《きゆう》というもの。わたしが今上を忘れてしまうことなど、絶対に有り得ませんもの。

そのような心配をなさる必要など、何処《どこ》にもございませんのに……。成平様ったら……。

そんなことを思いつつ、くすくす笑っていたその時、御文にまだ続きがあることに気づく。

手を退《ど》けて見ると、『私に似たさえずりを聴いて、心お慰めください。そして、今しばらく、お待ちください。私の、小さな瑠璃姫』と書かれている。

「……？」

思わずぽかんとして、首を傾《かし》げる。

似たさえずりと言われましても……。

お歌にも恋心を歌うとあるけれど……。でも……。

一体、それは何……？　なんのことなのだろう……？

不思議に思って、反射的にきょろきょろと周りを見回した……その時。

一月の冷たく澄んだ空気を、更に澄んだ、心に染み入るような風雅な音が震わせた。

「――っ！」

驚いて、思わず大江と顔を見合わせる。

春には麗しい声を響かせる鶯《うぐいす》も恥じらい、酔いしれるのではないかと思うほどの、雅やかで清廉《せいれん》なる調べ。

その端正な音律に、わたしははっと息を呑《の》み、几帳へと視線を戻した。

龍《りゅう》……笛《てき》……？

間違いない。龍笛だわ。なんて、麗しい音色なのでしょう。

これが、今上の仰《おつしや》る『私に似たさえずり』ということなのだろうか？　そうね。きっとそうなのだわ。これが……。

なんて、綺麗《きれい》……。

「………」

もう、言葉も出ない。

ただ茫然《ぼうぜん》と、几帳を見つめるばかり。

ただただその素晴らしい音色に、聞き惚れるばかり。

それはあまりにも美し過ぎて、自分の感嘆のため息すら、邪魔《じやま》に思えてしまう。

衣の擦れる音や、風の音も、そう。少しでも笛の音を邪魔して欲しくなくて、身動き一つもせず、石のように固まったまま、じっとその調べに耳を傾ける。大江も。女房たちも皆。

ひどく静かになった場に、美しい笛の音だけが満ちてゆく。

「………」

なんて……なんて綺麗なんでしょう……。

お父様の開く管弦の宴などで、腕に覚えのある方が笛の音を披露なさっているのを耳にしたことは数多《もう》くあれど、ここまで素晴らしい楽を聴いたことはないわ……。

心に染み入る音に深く感動し、じわりと目尻《めじり》に涙が浮かぶ。

これが……今上の『さえずり』だというの？　あの方の『恋心』だと……。

「……っ……」

じんわりと、胸が熱くなる。

と、同時に、どきどきと、不安に苛《さいな》まれていた時よりも更に高く、心臓が音を立て始める。引き込まれる。今上の御心に感動すると同時に、目の前で楽を奏でてくださっている御使者殿が、気になって……。気になって……。

麗しい声に、麗しい笛の音。

今上の『さえずり』を届けてくださったこの方は、どんな方なのだろう……？

もう一つ、はっと息を呑む。

わたしはぐっと奥歯を噛《か》み締めると、そっと几帳へと手を伸ばした。

それに大江がいち早く気づいて、ひそやかな声で「姫様」と、わたしをたしなめたけれど、でもやはり、どうしても、誘惑に勝てなくて……。

どうしても、どうしても、一目なりとお姿を見てみたくて……。

どうしても、どうしても、我慢ができなくて……。

いいでしょう？　どうせ向こうからは見えないのだもの。わたしが御使者殿に顔を晒《さら》すわけではないのだもの。一目、一目見るぐらい、いいでしょう？

御使者殿の顔を見ることを、今上はお厭《いと》いなさらないはず。だって御使者を遣わしたのは、他ならぬ今上ご自身ですもの。

だから、いいわよね？　わたしの顔を晒さなければ。いいはずよ。

そう……何度も自分に言い訳をして……。わたしは大江の制止も聞かず、どきどきしながら几帳の平絹を少しだけずらして、外を覗《のぞ》いた。

「————っ！」

どくん、と……心臓が一際大きな音を立てる。

それよりも大きな衝撃が、全身を走り抜ける。

わたしは、はっと息を呑み、ぱさりと膝《ひざ》の上に扇を落とした。

その瞬間、何人《なんぴと》をも魅了するであろう、清廉かつ風雅な笛の音が、一切耳に入らなくなってしまったの……。

「………」

う、そ……。

伏せられた睫毛《まつげ》は黒々として長く、鼻梁《びりょう》は秀でていて、頬《ほお》は引き締まっていて……。龍笛を操る手は大きく、ごつごつしているけれど、とても綺麗で……。指は長く、とても雅で……。

白の直衣《のうし》に烏帽子《えぼし》姿が、とても凛々《りり》しく、精悍《せいかん》で……。

けれど雑色《ぞうしき》や下男が見せるような、無骨な、無粋な感じは一切ない。男臭さというものも、あまり感じない。それどころか、麗しい姫のような色香すら感じる。お母様《たあ》のような、義姉《あね》姫様のような、ひどく艶《あで》やかな……。動作の全てが、あくまでも、どこまでも風雅で優美だからだろうか？

目を閉じていても、何から何までが美しく整っていて、一目で彼が、まるで絵巻物に出てきそうなほどの素晴らしい美貌《びぼう》の主だとわかる。目を伏せていてもこれなのだ。あの長い睫毛が持ち上がったら……それはどれほどの麗しさなのだろう？

こんな美しい殿方は、見たことがないわ……。

なんて、綺麗……。なんて、素敵なの……。

源氏物語の光源氏君《ひかるげんじ》だって、こんなに美しい方ではないと思うわ……。

「………」

言葉が出ない。

美しい旋律も、もう耳に入らない。

ただ、御簾の前の殿方から、目を離すことができない。

笛の音よりも更に美麗な姿に、まるで魂が吸い寄せられてしまったかのように。

わたしの全てが、彼に……彼だけに、魅せられ、釘づけになってしまって……。

「……姫様……？」

「………」

大江の訝《いぶか》しむ声にも、もう反応することすらできない。

惚《ほう》けたように、食い入るように、ただ見つめる。

そう、ただ。

何故《なぜ》、言葉が出ないのか。何故、美しい旋律が耳に入らないのか。何故、御簾の前の殿方から目を離すことができないのか。

全ての疑問に、私は一つも答えられなくて……。

自分でも、自分のその反応の意味が、全くわからなくて……。

頭の中は、彼を一目見た瞬間真っ白に染まった……その時のまま。何も考えることができなくなっていて……。

そう。だから……『ただ』ただ、見つめることしかできなくて……。

どれぐらい、かの方を見つめたままぼんやりしていたのでしょう？　不意に、辺りを包んでいた音が止み、御使者殿がそっと龍笛から口を離す。

その唇《くちびる》の形の良さに、甘やかさに、びくりと身を震わせた瞬間、御使者殿がゆっくりと手を膝へと下ろす。

そして、更にゆっくりと目を開き、それを御簾へ……わたしへと向けた。

「――っ！」

その時、わたしを襲《おそ》ったそれを、なんと言えばいいのか……。

ただ、衝撃でした。

全身を貫くような、大きな、激震。

「…………」

長い睫毛が影を落とした、切れ長の瞳《ひとみ》。それは射干玉《ぬばたま》のような深い漆黒《しっこく》で、見ているだけで吸い込まれそうで……。

華やかで、艶《つや》やかで、穏やかで優しいながらも、どこか影のある、妖しい美貌。

「…………」

ますます、目が離せなくなってしまったわたしの前で、御使者殿が頭を下げる。

そして、直衣の合わせに龍笛をしまうと、傍《かたわ》らに置いた檜扇《ひおうぎ》を手に取り、唇に実に甘やかで穏やかで優しい微笑みを浮かべた。

「お耳汚しをいたしました」

甘くて、低くて、少し掠れた色気のある声が、静かに告げる。

わたしははっとして、慌《あわ》てて振り返ると、ひそひそと大江に耳打ちをした。

大江は心得たように頷き、

「素晴らしい楽でございました。天上の音とはこのようなものかと……神の楽を耳にしたかのようで、胸がざわめいております。願い叶うのならば、また聴きたく存じます」

と、優雅に言った。

それが嬉《うれ》しかったのか、御使者殿は少し照れたように頬を染め、そっと檜扇で口元を隠して、微笑んだ。

「お褒めいただき、恐悦至極《きょうえつしごく》に存じます。瑠璃姫様。もちろん、御所望《ごしょもう》とあらば、何度でも。しかし、かの御方の楽こそ、まさしく天上のもの。私のそれなど足元にも及びませぬ。どうぞお次は、本物の神の楽をお楽しみくださいませ」

「……！」

かの御方……。

一瞬ぽかんとする。

そして、ぽかんとした自分に驚いて、思わず息を呑む。

そうだわ。これは今上の『さえずり』だと、あの方の『恋心』なのだと、御文に……。

や、やだ……。わたしったら、どうして……。

その時になってはじめて、今上が、そして今上の御言葉が、頭からすっかり抜け落ちていたことに気づいて、わたしは慌てて俯《うつむ》いた。

「御使者殿の楽は、その本物の神の楽に似ておられるとのこと。それはどういった意味なのでございましょうか。同じように素晴らしいという意味なのでしょうか。よろしければお聞かせ願いたく存じます」

大江の言葉に、御使者殿が少し悪戯《いたずら》っぽく微笑む。

その少し子供っぽい表情に、何故かどくんと心臓が脈打つ。

「神の楽に似ているなどと言われると、私としては恐れ多く、恥じ入るばかりなのですが……。実は、かの御方に笛をお教えしたのは、私なのです。もちろん遙《はる》か昔のことです。かの御方が幼き頃。元服もなさる前のことなのですが……」

えっ……！

思ってもみなかった言葉に、わたしは啞然《あぜん》。思わず、大江と顔を見合わせた。

大江も、このような言葉は予想だにしていなかったのだろう。目を丸くして、顔をこわばらせている。

い、今、なんて……？

今上が幼き頃、この方が今上に笛をお教えした……と……？

そ、そりゃあ、今上から私的な御遣いを申しつけられるほどの方ですもの。そもそも、身分賤《いや》しい者であるはずがない。それはわかりきったことなのですが……。

でも、幼い頃の今上に、笛をお教えした……なんて……。

こ、この方……。もしかして、わたしたちが考えるよりも、もっと、ずっと……尊い身分の方なのでは……。

さあっと、血の気が引いてゆく。

うそ。うそ。まさか……。

「……お、大江……」

「……姫様……」

大江も同じことを思っているのだろう。すでに声が震えている。

ど、どうしよう……。

だ、だって、まさか、そんな……。

「……？」

わたしたちが、ぴたりと黙りこんでしまったからでしょう。御使者殿が少し不思議そうに首を傾げる。しかし、ややあって、「ああ……」と小さく呟くと、なんだか困ったように、照れたように微笑んだ。

「申し遅れました。私は水無瀬宮《みなせのみや》と呼ばれております。前々帝《さきのさきのみかど》を父に持ち、宮と呼ばれてはおりますが、品位《ほんい》はいただいておりません。無品《むほん》親王でございます」

「っ……！」

え、えええええっ？

わたしは……いえ、その場にいた全員が、ぎょっとして息を呑む。

同時に、ざあっと、一気に全身から血の気が引く。

わたしは愕然《がくぜん》として、大江と顔を見合わせた。

う、嘘《うそ》ぉぉぉぉぉーっ！

ささささ前々帝《さきのさきのみかど》を父に持ち……ってことは、こここの方は、先帝のご、御兄弟であ、あらせられて……。ね、年齢的に、お、弟宮であらせられて……つつつまり、今上の叔父《おじ》君であらせられるわけで……。

きゃ、きゃぁーっ！　な、なんてことっ！

「そ、そうとは知らず、ご、御無礼をいたしました！」

大江が優雅さの欠片《かけら》もなく（そんなことに気を遣う余裕すらなくなっているのよ）がばっと平伏して、叫ぶ。へ、平伏しても、あちらからは見えないのだけれどね？　そんなことも多分頭から抜け落ちてしまっているのだと思うわ。

そんな大江の言葉に対し、御使者殿……いえ、水無瀬宮様は、

「あ、いえ。ですから、無品の者なのですよ。どうぞお気になさらず」

と、首を横に振り、穏やかに微笑まれる。

「………」

お、お気になさらずと言われましても……。

むむむ無理言わないでくださいとしか、申し上げられないのだけれど……。

そ、それに、無品だとか、なんだとかは、あ、あまり、関係ないと思うのだけれど……。

わたしは几帳の絹を直すと、扇を拾い上げて、両手でぎゅうっと握り締めた。

無品の……というのは、位を持たないということ。そりゃあ、位を持っているかいないか、それはご本人にとっては、あるいは朝廷に出仕なさる殿方にとっては、とても重要なことなのだと思います。それによって生活やおつき合いなども大きく違うのでしょうから。

で、ですが、る、瑠璃たちにとっては、その……あ、あんまり関係ないのですが！

だ、だって、品位をいただいている親王様であろうと、無品親王様であろうと、尊い御血筋であることには変わりがないわけで！

だって、帝の御子様なんですよ！　帝の！

確かに、『宮様』と一言に言っても、そりゃあいろいろな宮様がいらっしゃいます。

御生母様の御実家の勢力がしっかりしていて、御血筋もよろしく、官職にもおつきになっていらっしゃる宮様だったり。帝や貴族たちの覚えもめでたく、華《はな》やかにお暮らしの宮様だったり。かと思えば、世の中に忘れられてひっそりとお暮らしの宮様も……。

本当にたくさん、そして様々な宮様がいらっしゃって……こう言ってはなんですけれど……よくわからないのです。実は。

そもそも外からは窺《うかが》い知れぬ後宮でのこと。その上、帝にたくさんの御子様がいらっしゃるのは常。

だって、帝にあらせられては、そのぅ……御血筋を残すのも一つの御役目なのです。もっとあけすけな言い方をすれば、御子様を作るのもお仕事のうちということ。

事実、今上……成平様にも、たくさんの異母兄弟姉妹がいらっしゃいます。宮と呼ばれる方だけでも相当な人数がいらっしゃって、今上自身、把握できておられないのが現実。当然、瑠璃が知っているのは、ごくわずかです。

それが、先帝の、先々帝の……となれば、もう瑠璃にはちんぷんかんぷんなのです！

ですから……そのぅ、何が言いたいのかと言いますと、力があるとかないとか、位を持っているとかいないとか、そういったことは瑠璃には関係ないのです。わからないので。

重要なのは、帝の御子様『宮様』であること。

ただ、それだけなのです！

「…………」

ど、どうしよう。どうしましょう。まさか、そんな方だとは……。

知らず知らず、手が震えてきてしまう。

そのままどうしてよいやらわからず、大江とともにおろおろとするばかりで……。

ああ、どうしましょう。こんな……。こんな……。どうしたらいいの？　誰か教えて！

「……あー……」

そんなわたしたちの気配が伝わってしまったのだろう。水無瀬宮様がひどく困ったような声を上げられる。

それにびくっと肩を震わせ、慌てて几帳に手を伸ばして、そっと隙間《すきま》から向こうを覗くと、水無瀬宮様は沈黙に耐えかねたのか、「……あの……」と言って苦笑なされて……。

また、その微笑みの、美しかったこと。優しかったこと！

再び、一気に目を奪われ、息を呑む。

同時に、いろんなことが頭からすっ飛んでしまったわたしに、水無瀬宮様は「ええと……」としばし口ごもられたあと、やがて「うーん……」と唸《うな》りつつ俯かれた。

「いや、本当に……。私の母は身分が低く、また私を産んだ際に身体《からだ》を壊しましてね。祖母がその時すでに、吉野《よしの》で隠居生活を送っていたのですが、療養のためそちらに身を寄せたのです。

ですから私は、吉野で育ったのです。母の死後、一度は都に舞い戻ったのですが、これという後見人もおらず、鄙《ひな》つ育ち故《ゆえ》に、都の華やかな生活は性に合わず、今は水無瀬野でゆったりと暮らしております。本当に、宮とは名ばかりでして……」

　そこでふと、言葉を切り、水無瀬宮様がふっと微笑まれる。

　その少しだけ寂しげで、悲しげな……まるで何かを諦《あきら》めていらっしゃるような……。しかしその実ひどく穏やかで温かく、お美しい笑みに、どきんと胸が音を立てる。

「……あ……」

「今上は……御生母様の御実家の縁の山荘が、吉野にあるのです。御生母様は桜がお好きで、その際今上がお小さかった頃は、年に一度、桜の季節に、吉野に遊興にいらしてたんですよ。その際私は、畏《おそ》れ多くも今上と、ともに吉野の野を駆けまわって遊んだのです。先帝の弟とはいえ、私は先々帝が御高齢になられてからの子です。そのため、歳《とし》は、兄の先帝よりも、甥《おい》の今上のほうに近いのです。ですから、本当に気安く接していただいたのです。笛はその時に、お教えしたのですよ。ですが、今となっては、今上のほうがずっと御上手なのです」

「……………」

「その時の気安さで、今上は、時折こうして、私を御自身の悪戯《いたずら》にお誘いなさる。私も本当は諫《いさ》めなくてはいけないのでしょうけど、ついつい乗ってしまうのです。楽しくて。嬉しくて。ですからむしろ、謝らなくてはいけないのは私のほうでしょう。驚かせてしまい、申し訳ございません。ですが、今上におかれましては、姫様を気遣う故のこと。なにとぞご容赦《ようしゃ》を」

「……！」

そっと床に手をつき、水無瀬宮様が頭を下げられる。

それを見たわたしはびっくりしてしまい、思わずすっとんきょうな声を上げてしまった。

「きゃ、きゃあーっ！　そんなっ！　おおおやめくださいませっ！　こんな素敵な悪戯ならば、毎日でもお願いしたいぐらいですわっ！」

「……！」

これに驚いたのか、ぱっと顔を上げ、宮様はこちらを見つめ、目を丸くなさって……。

瞬間、後ろで大江がひどく慌てたように、「ひ、姫様っ！」と叫ぶ。

それで、自分がしてしまったことに気づいて、わたしは「あ……」と呟き、ぎゅううっと几帳の平絹を握り締めた。

い、いけない……！

ああ！　ど、どうしましょう！　わたしったら！

つい、ちょ、直接……話しかけてしまったわ。し、しかも、叫ぶなんて……！

「〜〜〜っ！」

かぁああぁああっと、一気に顔が赤くなる。

わたしは、まるでしがみつかんばかりに、几帳の平絹を抱き締めた。

ど、どうしよう……っ！　な、なんてはしたないことを……っ！

ぜ、絶対変に思われたわっ！　なんて慎みのない姫だろうと……っ！

ああ！　もうっ！　仮にも女御になるという姫が、なんてことなのっ！

「……っ！　……っ！」

あまりの恥ずかしさに、几帳に縋《すが》りついて悶《もだ》え苦しむ。

だ、だって、あ、頭なんて、下げるんですもの。お、驚いてしまって……！

ああ、もうっ！　ど、どうしようっ！　なんてことなのっ！　恥ずかしい……っ！

しかし……そう。そのまま泣き伏してしまいたいほどの羞恥《しゅうち》に、几帳に縋りついたまま固く目を閉じた、その瞬間だった。ひどく朗《ほが》らかで爽《さわ》やかな笑い声が、辺りに響いたのは。

「――っ！」

驚いて、御簾の向こうに目を向ける。

そして、その刹那《せつな》。心臓が今までにない音を立て、わたしは大きく目を瞠《みは》った。

冬の乾いた風に、よく通る、楽しげな笑い声。

なんの憂《うれ》いもなく、とても明るく、屈託《くったく》のない、少年のような爽やかな笑顔。

しかし扇を持つ手は、口元を隠す仕草は、肩を揺らす様は、どこまでも優雅で、美しい。

それは一瞬にしてわたしの心に入り込み、そして全てをそれ一色に染めてしまったのだった。

「…………」

なんて……綺麗な笑顔……優しい笑い声なのだろう……？

なんて……なんて……素敵に……。

「……っ……」

先ほどとは別の意味で、顔が真っ赤に染まってゆく。

わたしは唇を噛み締め、几帳の絹を握る手に更に力を込めた。

なんて、素敵な笑顔なの……。

「……いや、失礼。では、今上には、瑠璃姫様は大変にお喜びだったとお伝えしましょう。毎日でも欲しいと思ってしまうほど、素敵な贈り物だったと」

声もなく呆然と見惚《みと》れるわたしに、水無瀬宮様がそう仰る。まだ、くすくすと笑いながら。

「今上の仰るとおり、かわゆらしい方だ。そのお声を拝聴できて、恐悦至極にございますよ。瑠璃姫様。ただ……」

そこで言葉を切り、水無瀬宮様が、人差し指を形の良い唇に添える。

漆黒の切れ長の瞳が、きらりと悪戯っぽく煌《きら》めいた。

「今上が、あまりの口惜しさに泣いてしまわれるかもしれないので、どうぞ、私が今上よりも先に瑠璃姫様のお声を拝聴したことは、御内密に。秘密ですよ。瑠璃姫様」

「っ……！」

その煌めきは、わたしの心を突き刺して、一瞬にして……そこに消えない影を植えつけてしまったの。

水無瀬宮様という……。

ひどく魅惑的で、美しい……存在《かげ》を。

三章　幼き恋の花待ちはさりとて雅で

「……姫様。大江《おおえ》は呆《あき》れてものも言えませんわ」

「…………」

「ひ・め・さ・まっ！　大江は、呆れてものも言えませんわっ！」

「……言ってるじゃないの……」

脇息《きょうそく》に肘《ひじ》をつき身をらくにし、扇《おうぎ》で顔を隠したままぼそりと呟《つぶや》くと、大江が「まぁ！」と、更に大きな声を上げる。

「姫様！　反省しておられますのっ！」

「…………」

うう……。うるさい……。

怒鳴らなくったって聞こえているわ。こんなに近くにいるのだもの。

いえ、わかってはいるのです。わたしが悪いのです。大江が怒るのも無理はないわ。それはわかってます。お小言をくらうようなことをしたわたしが、そもそも問題なのです。

けれど……やっぱり怒鳴られると、うんざりしてしまうのが人の性《さが》というもので……。

特に口答えする気はなくても。しっかり反省をしていたとしても。そこは関係なく。やはり黙って欲しいと思ってしまうもので……。

いいえ、ちゃんと反省はしているのよ？　黙って欲しいだなんて、言えた義理でもないことを思っていてもよ？　悪いとは思っているのです。悪いとは。

けれど……。

「……近江《おうみ》。大江を黙らせてちょうだい」

「んまぁあぁっ！　姫様っ！　なんて仰《おっしゃ》りようですのっ！」

扇で顔を隠したまま、大江の横に控えている近江にそう言うと、大江が更に高らかな声を上げる。

「反省しておられないようですわねっ！　姫様っ！　まずはしっかりと謝罪すべきところではございませんのっ？　ここは！」

「……してる。してるわ。ごめんなさい。瑠璃《るり》が悪かったわ。だから、そんなに怒鳴らないでちょうだい」

「最近の姫様のなさりようには、目に余るものがございますわよっ！　この大江、今日という今日は、許しませんっ！　ええっ！　許しませんともっ！」

「…………」

今、謝った意味は何処《どこ》に……？

思わず、はぁーっと深いため息をつく。

「……お琴の手習いから逃げ回ってごめんなさい。あの……決して、お琴が嫌だったわけではないのよ？　ただ他のことに気を取られていて、集中できる状態じゃなくて、その……」

「……お部屋を抜け出して、綺羅《きら》姫様のお部屋に隠れるなんて真似《まね》をなさったのですよね？　ええ。ええ。わかっておりますわ。姫様はただ、ぼんやりしたくて逃げ出したのだと。全く、わたくしどもが、どれだけ姫様をお探ししたと思っているのです！」

「う……」

ぐうの音も出なくて首を竦《すく》めると、大江が手でドンッと床を叩く。

わたしはびくっと肩を震わせ、更に身を小さく縮めた。

「最近の姫様のなさりようには、本当に目に余るものがございますわよ。一体どうなさったのです」

「いえ、その……」

「あの日からですわよ？　御使者がいらしたあの日からです」

「…………」

う……。

なんと答えていいやらわからず、わたしは何度目かの深いため息をついて、顔を伏せた。

外ではしとしとと、雨が降っている。

庭の木々を濡らす音が、そこで過ごす者の耳に染み入る。

夕刻を過ぎれば、この雨も、雪へと変わるのではないだろうか。

そう思えるほどに空気は冷たく……その中を探し回らせたのは、本当に申し訳ないと思う。

本当に、思っているのよ？　反省しております。

如月《きさらぎ》に入ってから、雨の日が続いている。

長雨は気が滅入《めい》るものの、しかしその湿気のせいなのでしょうね。いつもよりも寒さがやや緩んでいるように感じて、過ごし易《やす》くなっているように思う。

そして、水を含んだ階《きざはし》からは、檜《ひのき》の良い芳香がする。

それはひどく心地が良く、気が穏やかになるもので……だから長雨もそう悪いものではないように思う。

でもだからこそ、わたしもまた、妹の綺羅姫の部屋まで行こうと思ったのだけれど。

降っているのが雪だったら、あるいは寒さが緩んでいなければ、綺羅姫の部屋に逃げ込もうなどとは、さすがのわたしも考えたりはしなかっただろう。部屋から出ることをひどく厭《いと》ったはず。

そう思うと、やっぱりこの長雨は良くないものかもしれなかった。

少なくとも、大江たちにとっては。

確かに、そう言われても仕方ないと思う。わたし自身、あの日からなんだかおかしいと思うこともある。何かが変だと……。

まず、御使者として水無瀬宮《みなせのみや》様がいらしたあの日……。宮様が帰られた直後から、なんだか変だったわ。

宮様がお帰りになってすぐ、わたしは宮様のことしか考えられなくなってしまって、本当に長いこと、ただぼんやりとしていたの。

大江がそれを不審に思って、「あの、姫様？　今上《きんじょう》へのお礼の御文は……」と眉《まゆ》をひそめてはじめて、お返事を書かなくてはならないことを思い出したぐらいで……。

慌《あわ》てて大江に御文を書く準備をさせたのだけれど……文台《ぶんだい》に向かっても、頭に言葉が一つも浮かんでこない。脳裏《のうり》を占めるのは、水無瀬宮様のことだけで……。

筆を持ったままぼんやりともの思いに耽《ふけ》り、一向に御文を書こうとしないわたしに、ついに大江が業を煮やしてわたしの斜め後ろに張りつき、わたしがぼんやりするたびに、筆を止めるたびに、「姫様！」「姫様！」と小うるさくせっついてきて……。まぁそれで……そのおかげで御文はなんとか完成したのだけれど、その内容はまたも大江が眉をひそめるものだった。

いえ、失礼があったわけではないのです。そういう意味で眉をひそめたわけでは……。そもそも失礼な言い回しをした御文なんて、今上に参らせるわけにはいきませんもの。そんなもの、すぐさまその場で書き直しをさせられるわ。

大江が眉をひそめたのは、内容がおおよそわたしらしくなかったからだそう。

「姫様……本当にこれでよろしいのですか？」と大江が訝《いぶか》しげに尋《たず》ねるぐらいには、いつものわたしらしくなかったのだとか。その時、わたしには自覚はなかったのだけれど。

何を書いたかというと、要約すれば「もう一度水無瀬宮様のお笛をお聴きしたい」の一言に尽きます。

今上への返歌にもそれを匂わせた挙句に、御礼文に至ってはあからさまにその旨を書いたのです。

『素晴らしゅうございました。なんとも心惹《ひ》かれる、美しい音色にございました。

今上のお笛は、水無瀬宮様のそれよりも素晴らしいものだとか。まさに天上の楽だと、宮様より伺《うかが》いました。それを早くお聴きしとうございます。

しかし入内《じゅだい》するまではそれは叶いませぬ。どうか今一度、宮様の、貴方様《あなた》のさえずりに似ているという宮様の楽に身を委《ゆだ》ね、貴方様を馳《は》せたく存じます』

今上に想いを馳せたいがゆえに、今上の御心を感じて自分を慰めたいがゆえにと、書いてはいますが……その心に嘘偽《うそいつわ》りはもちろんありませんが、しかしあからさまに水無瀬宮様の笛をもう一度聴きたいと、御礼もそこそこにおねだりをしたのです。

そもそもわたしはあまり、物をねだるということをしません。それは別に今上に限ったことではなく、お父《もう》様やお母《たあ》様、お兄様たちに対しても、です。

わたしが六つになるかという頃から、女童《めのわらわ》としてわたしに仕えてくれている大江ですら……おそらくわたしに何かをねだられた……あるいはわたしが誰かに何かをねだっているところを見たなどという経験は、さほどないと思う。

ですから、あとになって、あれほど熱心にねだったのは、確かにわたしらしくなかったかもしれないと思いはしたのですが……。

でも、もう一度お会いしたかったのです。水無瀬宮様に。

そう。お会いしたかったのです。笛を聴きたいのではなく。

もちろん、聴きたくないわけではありません。でもそもそも、もう一度聴きたいと思うほどには……そのぅ……大きな声では言えませんが、わたしは楽を聴いていなくて……。

ただ、お会いしたかったのです。どうしてももう一度お会いしたかった。

そのための口実に……そのぅ……身も蓋《ふた》もない言い方をするなら、『笛を聴きたい』以外、わたしは思いつかなかったのです。だから、そう理由をつけたまでで……。

確かに、おかしいと思うわ。

そりゃ、今まで嘘を言ったことがないなどとは言いません。小さな言い訳めいたものなら、いろいろとあります。例えば、お琴の練習に身が入っていなくて、お琴を教えてくれる右近《うこん》という女房《にょうぼう》に叱られた時、お腹が痛いからと言ってお小言を逃れたことがありました。まぁ、何《な》故《ぜ》か大江にはばれてしまい、物凄《ものすご》く苦いお薬湯を飲まされてしまったのだけれど。

そういう小さいものはたくさんあります。子供の頃は特に。でも、それはわたしだけでなくて、皆そういうものかと。

でも、誰かに嘘をついてまで何かをねだったことなど、それは一度たりとてありません。

ましてや、相手は今上。この世の頂点に立つ御方に、嘘などつけるはずもありません。

それなのに、です。

わたしは、嘘をついたのです。

他ならぬ、今上に……です。

しかも、今上とは別の殿方に会いたいがために……です。

確かに、おかしい。

この気持ちは、何に起因するものなのだろう？

どうして、こんなにも水無瀬宮様に、会いたくて会いたくて仕方がないのだろう？

わからない……。

わからないけれど、気がつくと水無瀬宮様のことだけ考えていて、水無瀬宮様に会いたいと願い、会う方法を考えてしまっていて……。

だから今上への御文に、『もう一度宮様の笛を聴かせていただきたい』と切々と書き綴《つづ》ってしまったのです。

しかしわたしの……ある意味暴挙とも言えるおねだりは、それだけでは済みませんでした。

水無瀬宮様のことが頭から離れず、眠れぬ夜を過ごしたわたしは、翌日、お父様にねだったのです。

『笛を習いたい』と——。

今上が遣わしてくださった御使者殿の笛は、大変素晴らしいものでした。

聞けば、今上はそれ以上の奏者であらせられるとのこと。

今上は瑠璃に、入内後にその笛をお聴かせくださると約束してくださいました。

そんな今上の御為《おんため》に、瑠璃は笛を習いたく存じます。

いつか今上とともに楽を奏でられるように。ともに楽しめるように。

瑠璃も、今上と同じ方より笛の指南を受けとうございます。どうか！　どうか！

これも、全ては水無瀬宮様に会いたいがゆえ。

今上が、『水無瀬宮様の笛をもう一度聴きたい』という願いを聞き届けてくださるかどうか、それはわからない。聞き届けられなかったとしても、わたしは黙ってその結果を受け入れなくてはいけないし、そうなれば二度とねだることはできない。一度拒否されているのに、何度もねだるような、はしたなく、浅ましく、そして無礼な真似はできません。

だって、それが今上の御心なのです。意思なのです。

それに対して、瑠璃如《ごと》きが異を唱《とな》えることなど、許されるはずもありません。それは今上に逆らうことと、ほぼ同義なのです。

幸運にもその願いが聞き届けられたとしても……その『もう一度』がいつになるか、それは今上の匙加減《さじかげん》一つです。

瑠璃が入内するのは……今聞かされている言《げん》は、『夏までには』というもの。

夏と言えばまだまだ先のこと。

その間に再び水無瀬宮様をわたしのもとに遣わせば、今上はお約束を守ったことになります。

そう。いつでもいいのです。如月でも、弥生《やよい》でも、卯月《うづき》でも。皐月《さつき》……は忌《い》み月《づき》ですから、多分ないかと思いますが、その後の水無月《みなづき》でもいいのです。入内までに一度遣わせば。

でも、そんなに待つことなどできません。

今すぐにでも会いたくて、会いたくて、たまらないのだから。

ですからわたしは、また必死に考えて……その結果、お父様におねだりをしたのです。

笛の指南《しなん》——。わたしは一切、笛を吹いたことがありません。初体験です。完全なる初心者です。

けれど、入内までにある程度上達しておきたい。今上の御為《おんため》に。

この状況なら、最初の訪問が弥生や卯月になるはずはありません。だってそうでしょう？

そんなことになったら、入内までに上達する暇がないではありませんか。

もし聞き届けられたなら……あの『もう一度笛を聴きたい』という願いより遥《はる》かに、早期に宮様に会える可能性が高くなる……。

そんな浅ましいほどの計算をして、わたしはお父様に取り縋《すが》り、ひどく熱心にお願いしたのです。

必死に言い募るわたしに、お父様はひどく驚いておられたけれど、『今上の御為《おんため》』と聞けば反対する気など起ころうはずもなく、数日のうちに今上にわたしの願いを奏上。許可をいただき、更には水無瀬宮様へも話を通してくださいました。

そのおかげで、十九日……内宴《ないえん》の前日に、宮様はお笛の披露《ひろう》と指南のため、再び左大臣邸にお越しくださったのです！

で、ですが〜……そのぅ……それが決まるまで、そして決まったあとも……わたしは全てのことに身が入らなくて……ですね……。

当然、決まるまでは、水無瀬宮様にもう一度会いたいと、そればかり考えてしまって……。十六日だったかしら？　許可をいただき、水無瀬宮様に笛を習うことができるとなったら、もうそのことばかりに思いがいってしまって……。

その次の日、十九日に宮様がいらっしゃることが決まったと聞くと、もうそわそわとして、何も手につかなくなってしまって……。

だから、そのぅ……その間、瑠璃は大江に叱られっぱなしだったのです。

その間のお琴やお歌、お裁縫《さいほう》や染め物などの練習は、気もそぞろでろくにせず……。いつもぼんやりしていて、人の話もろくに聞いていなかったり……。

本当に、おかしいと思うのです。自分でも。

何故、こんなに、全てに身が入らないのか。

何故、いつもいつも水無瀬宮様のことばかり考えてしまうのか。

自分でも、とても不思議で……不可解で……。

十九日と二十日、二日続けて宮様がいらしてくださり、笛の基本を教えてくださった時も。

お会いできたのだから、わたしの中の『水無瀬宮様にもう一度会いたい熱』はこれで収まるものと思っていたのに、収まるどころか更に強くなり……。

何故？　どうして？　答えの出ぬまま、その怪しさに、わたしの身に何かが起こっているのではないかと、不安にもなるけれど……。

けれどやはり、そのことにさほど思い悩むこともなく、いつもわたしの思いは、水無瀬宮様へと向かってしまう。

今、何をしていらっしゃるのだろう？

次は、いつお会いできるだろう？

妻はいらっしゃらないと、女房の噂《うわさ》で聞いた。鷹柾《たかまさ》お兄様よりも御歳《おとし》が上なのに、どうして北《きた》の方《かた》がいらっしゃらないのだろう？

もしかして、秘めた恋などなさっておられるのだろうか？　様々な事情で妻にはできない。そんなどなたかと、まるで絵巻物のように、罪な、美しい恋を……。

そう思うと、ずきずきと胸が痛んだ。

病にでもかかったのかと思うほど、ひどく。

ああ、そう。その痛みは、新参女房の讃岐《さぬき》の話を聞いた時にも感じたわ……。

あまりにわたしの様子がおかしいので、少納言《しょうなごん》が「まるで恋でもしているよう」とわたしをからかった時のこと。

「本当に。まるで、水無瀬宮様に恋でもなさっておられるかのようですわね。姫様。殿（お父《もう》様のことよ）に我儘《わがまま》を申し上げたり、毎日何も手につかなかったり」

驚いて目を丸くしたわたしの横で、大江が「めったなことを言うものではありませんよ」とぴしゃり。

それに少納言は首を竦めて……。それからぽかーんとしているわたしを見て苦笑し、「そうですわね。姫様は今上にこそ、恋をなさっておられるのに。変なことを申しましたわ。申し訳ございません。ただ最近の讃岐の様子と似ていたものですから」と言った。

「讃岐？」

「新参の女房ですわ。先日、水無瀬宮様のお姿を車宿《くるまやどり》あたりで垣間見たらしくて、それからというもの、いつもぼんやりとしていて失敗続きですのよ。口を開けば、『水無瀬宮様のお姿をまた拝見したい』とそればかりで。そのために瑠璃姫様付きになりたいとまで言い、これには流石《さすが》にこっぴどく先輩女房より叱られておりましたわ」

何故だか、ずきんと胸が痛む。

そして、じわりと不快感がわたしを侵食する。

わたしは眉をひそめると、扇で口元を隠し、鋭い目で少納言を見つめた。

「讃岐は、宮様に恋をしているの？」

「そのようですわね。まぁ、あれほど見目麗《みめうるわ》しい御方ですもの。一目で恋に落ちても不思議はありませんわ。特に讃岐は田舎から出てきたばかりですし」

「そう。それでわたし付きになりたいなどと言っているの……」

自分でも驚くほどのひやりと冷たい声に、少納言が口を噤《つぐ》み、戸惑ったように近江と視線を交わし合う。

その瞬間、すかさず大江が、「少納言、油を取ってきてちょうだい」と言い、少納言を追い出してしまって……。それでその話は終わったのだけれど……。

今思い出しても、やっぱり胸が痛むわ。

何故なのか、本当にわからないのだけど……。

その後……睦月《むつき》の終わりに一度、如月に入ってすぐに一度……宮様は笛の指南にいらしてくださって……。けれど先ほども言ったように、お会いすればお会いするほど、更にまたお会いしたいと思ってしまう。欲望は強くなるばかりで……。

どうして、と思う。

いつからわたしは、くだくだとものをねだるような子になってしまったのだろう？

自分が欲張りな、浅ましい子になってしまったようで、なんだかとても憂鬱《ゆううつ》な気分になってしまうのだけど……。

でも、それでも、やはり思いは水無瀬宮様へと流れていってしまうのだった。

今日も今日で、午前中、お琴の練習から逃げて妹の綺羅姫のお部屋に隠れていたのも、そのせい。

今日は水無瀬宮様がいらっしゃる予定だというのに、朝からしとしと雨が降り続いていて、予定どおり宮様はいらしてくださるのか、それとも取りやめになってしまうのか、そればかりが気になって、とてもお琴どころではなかったから……。

大江が怒るのも無理はないわ。全てはわたしが悪いのです。

でも、何故？　何故こんなにも、宮様のことが気になってしまうのだろう？

わたしは今上をお慕い申し上げているのに、どうしてこんなにも他の方が気になってしまうのだろう？

考えても考えても、答えが出ない。

けれど、考えれば考えるほど、水無瀬宮様に思いを馳せる時間が長くなっていくように感じる。

現時点ですら、今上よりも、水無瀬宮様のことを考えている時間のほうが、長くなっている。あきらかに。

お慕いしている方よりも、他の方のほうが、思っている時間が長いだなんて……。

こんなことがあっていいのだろうか？

そもそもこれは一体、どういうことなのだろうか？

「…………」

扇で顔を隠したまま、そっと目を伏せ、一つため息をつく。

自分で、自分がよくわからない。

ひどく謎めいて怪しく、わたしを不安にさせる。

わたしは一体、どうしてしまったのだろう？

◇

「おやまぁ……下手ですねぇ……」

「……！」

少しの余韻《よいん》を残して空気に溶けた涼やかな音。

しんと静まり返った室内に、じじじと灯台《とうだい》の灯芯《とうしん》の焼ける音がかすかに響く。

いつの間に雨が止んだのか……いや、もしかして雪に変わったのだろうか？　雫《しずく》が庭の木々を濡らす音は、耳に届かなくなっている。

そんな中、居《い》た堪《たま》れない気持ちでわたしがそっと笛を膝《ひざ》へと下ろすと、膝に手を置き、目をしっかりと閉じて、わたしの奏でる楽に耳を傾けていた水無瀬宮様がゆっくりと……その重たげな睫毛《まつげ》を持ち上げた。

それにどきりと、わたしが胸を弾ませた……その瞬間。水無瀬宮様が優美な仕草でぱらりと扇を開くと、口元を隠される。

そして御簾《みす》の中のわたしへと視線を向け、にっこりと、ひどく優しく穏やかに微笑《ほほえ》みながら口にした言葉が……そう。とても……実に率直な言《げん》と申し上げるしかない、一言。

わたしはため息をつきながら、笛を脇へ置き、開いた扇で顔を隠した。

「……わ、わかっておりますわ……。本当に、聴くに堪《た》えないもので……。も、申し訳ございません。これでも必死に練習したのですが……」

「いえ、何を仰います。確かに下手と表現していささかの憚《はばか》りもない演奏でしたが……しかしまだ笛をはじめてひと月も経《た》っていないのですから、下手なのは当然です。むしろそれにしては、お上手なほうかと……」

「え……？　あの……お世辞は……その……」

「……いえいえ。お世辞ではございませんよ。全体的に見れば、とても下手です。しかしひと月足らずでここまで仕上げたことは、瑠璃姫を褒めて差し上げなくては」

「…………」

え……？　え……？

下手なの？　上手《うま》いの？　ひと月足らずの練習期間にしては上手いけど、下手なの？

それは結局下手ってことよね？　けれど、褒めていただけるの？

そ、それは喜んでいいことなのかしら？　でも、下手なのよね？

わかったような、わからないような、そんな宮様の御言葉に、そっと小さく首を傾《かし》げる。

御簾越しでわたしの姿は見えないものの……しかし、わたしが黙ってしまったことと、その気配で、わたしの困惑を感じ取ったのだろう。水無瀬宮がくすりと微笑まれる。

その優しさ、温かさ、そして美しさに、どきんと胸が高鳴った。

目に眩《まぶ》しい、清らかなる白の直衣《のうし》。冬らしく、裏地はもちろん藍《あい》と紅《べに》で交染した二藍《ふたあい》。

髪はすっきりと上げられ、立烏帽子《たてえぼし》がひどく凛々《りり》しい。

切れ長の瞳《ひとみ》は少し鋭利な印象を受けるものの、ひどく涼やか。睫毛は長く、重たげで、瞳に影を落としている。

すっきりと引き締まった頰《ほお》に、通った鼻筋《はなすじ》。薄く、形の良い唇《くちびる》。

相も変わらず大変お美しく、源氏君《げんじのきみ》もかくやと言わんばかりのそのお姿に、ため息がもれてしまう。

それが聞こえてしまったのだろう。宮様は思わずといった様子で忍び笑いをもらすと、扇を退《ど》け、わたしを安心させるように、改めてにっこりと微笑まれた。

「大丈夫ですよ。この調子ならば、入内までには、今上にお聴きいただいても恥ずかしくないぐらいの腕にはなると思いますよ。ご心配なさいますな」

「……！　ほ、本当ですか……？」

「ええ。ですからお励みなさい。きっとお喜びになることでしょう」

「…………」

宮様に笑いかけていただけるのはとても嬉《うれ》しいのだけど、そしてひどく胸弾むのだけれど、でもやっぱり少し、罪悪感も感じてしまう。

わたしは曖昧《あいまい》に返事をして、そっと下を向いた。

だって、本当は今上の御為《おんため》に笛を練習しているわけではないのだもの。それは単なる建前でしかなくて……。

そう。水無瀬宮様にお会いするための、口実でしかなくて……。

だから、それを信じて熱心に教えてくださる宮様には、少し罪悪感も覚えてしまう。

けれど、宮様が『褒めて差し上げなくては』と言って微笑んでくださるのは……やはり小躍《こおど》りしたいほどに嬉しく、胸がじんわりと熱くなる。

罪悪感を感じていても、嬉しくてたまらないなんて……。

ちくりと痛むのに、同時に溢《あふ》れんばかりの思いに熱くなるなんて……。

これが乙女心とでもいうものなのだろうか？

相反する気持ちがぶつかり合い、複雑に入り混じり、始末に負えない。

ああ、もう……。本当にわたしはどうしてしまったというのだろう？

わたしはそっと両手で胸元を押さえて、高揚する気分を抑《おさ》えるかのように息をついた。

「嬉しいです……。更に、頑張りますわ」

「ええ。そうなさいませ。しかし……姫？　他のことを疎《おろそ》かにしてはなりませんよ？　お琴やお裁縫、お和歌《うた》などもしっかりと学ばなくては。その他にも、宮中の決まりごとなども……。決して、笛だけに気を取られていてはいけませんよ。むしろ、笛は最後です。全てをしっかりなさったあとに、余力でするものです。おわかりですね？」

「……う……。今日、大江にも叱られましたわ。そちらもしっかりとするようにします……」

痛いところを突かれて、うっと声を詰《つ》まらせたあと、小さな声でぼそぼそと呟くと、宮様が少し目を見開く、くすくすと笑いながら扇で口元を隠される。

「おやおや……大江殿に叱られてしまいましたか。それでは、私までがお小言を口にするのは野暮《やぼ》というものですね。姫はちゃんとわかっておられるでしょうから……。しかし……姫？　大江殿に『叱られた』のですか？　注意をされたのではなく？」

「……叱られたのですわ。今日はその……午前中に妹の部屋に隠れて、お琴の練習から逃れたので……。女房たちは皆、わたしを探し回る羽目になって、そのぅ……」

「ええ？」

再び宮様が目をぱちくりさせ、それから実に楽しげな笑い声を上げられる。

「……はは。そこまでなさったのですか。それは叱られても仕方がありませんね」

「う……。はい、そ、そうなのです。悩みごとがあって、お琴の練習をする気分じゃなくて、とっさに逃げてしまったのです。わ、わかっておりますわ。最初から全て説明して、日にちをずらせばよかったのですが、そんな気も……その時は回らなくて……」

宮様が笑ってくださるのは凄く嬉しいのだけど、でも笑われているのは自分なわけで、それは恥ずかしくて、かぁーっと頬が熱くなる。

「言い訳はいたしませんわ。瑠璃が悪いのです。そのぅ……」

「ふふ。私は姫を叱ることはしませんよ。先ほども申し上げたとおり、もう姫はわかっておられる。私はそう思いますから。そんなに落ち込まなくても大丈夫ですよ」

「……反省しております。二度といたしませんわ」

しゅんとしながらも……しかしはっきりと誓いを口にする。

だって、今日の大江は本当にしつこかったのだもの。いえ、しつこいなんて言い方をしたらまた、大江が怒ってしまうでしょうけど。でも、そこをあえて言うけれど、しつこかったのよ。本当に。お小言も長かったし、お小言が終わったあともつんつんしてて、夕刻までろくに口をきいてくれなかったのだもの……。

流石にそこまでされれば、懲《こ》りるというものよ。

それに、流石にわたしも、これではいけないと思うもの。

水無瀬宮様にはじめてお会いしてよりこちら、やはりわたしはおかしいと思う。変だわ。

そろそろなんとかしなくてはいけないと思う。わたしを取り戻さなくてはと。

でないと、大江たちも困ってしまうわ。いつまでも手を焼く主人であってはいけないわ。

でも、じゃあどうしたらいいのか……それが問題で……。

だってわたしには、原因がわからないのだもの。

何故、こんなにも水無瀬宮様のことばかり考えてしまうのか。

何故、こんなにも水無瀬宮様に会いたいと願ってしまうのか。

何故、その願いは一向に収まりを見せず、会えば会うほどに強まってゆくのか。

全ての疑問に、わたしは答えを持たなくて……。

だからこそ、どうしたらいいのかがわからない。

何をどう直せばいいのかが、全くわからない。途方に暮れるほど。

大江に相談してみればいいのかもしれないけれど、水無瀬宮様に会いたいがゆえにお父様《もう》に
おねだりしたことなどは、知られたくないというのが正直な気持ちで……。

今上の御為という建前を、大江もまた信じている。

それが嘘であったと、口実であったと、正直に告白する勇気は、流石にないというか……。

勝手な話ではあるけれど、正直に話して、失望されたくないなどと思ってしまうのよ。

ずるいと思うわ。わたしだって。

でも大江に嫌われたくない。大江に嫌な子だと思われるのは避けたい。

女童として子供の頃から、ずっとずっとわたしと一緒にいた、大江。

わたしにとって大江は、そこになくてはならない存在で……。

大江のいない生活など、わたしには考えられないほどで……。

わたしが六歳の頃から一緒にいるからだろうか。それとも大江が、口うるさく、遠慮なく、

主人のわたしにものを言うからだろうか。女房というより、お姉様といった感覚で……。

お兄様はたくさんいても、お姉様はいなかったわたしには、大江はまさにそんな存在で……。

だから、大江を失望させることはしたくない。

大江を悲しませることも、大江に嫌われるようなこともしたくない。

もし、水無瀬宮様に会いたい一心で、今上を口実にして、お父様に笛を習いたいとおねだりしたと大江が知ったら……。大江はなんと思うだろう？

呆れるだろうか？　怒るだろうか？

ううん。それならばまだいいの。それぐらいなら。

怖いのは、軽蔑《けいべつ》されてしまうこと。嫌われてしまうこと。

それだけは避けたい。どうしても。

だから躊躇《ためら》ってしまう。相談したほうが解決が早いとわかっていても……。

けれど、自分では、どこをどう直すべきか、そもそもどうしてこうなったのかすらわかっていない以上、やっぱり相談すべきだとも思うの。

大江は有能だもの。絶対に原因をつきとめ、対処法を伝授してくれると思うの。

そうすべきなのはわかっているのです。大江たちにこれ以上迷惑をかけないためにも。

でも、やはり躊躇われてしまう。

ここでも相反する気持ちがぶつかり合い、複雑に入り混じり、わたしを惑わせて……。

ああ、わたしはどうしたらいいのだろう？

「……？」

悶々《もんもん》と思い悩んでいたわたしは、しかしふと室内がひどく静かになってしまっていることに気づいて、慌《あわ》てて顔を上げた。

するとと、宮様もなにやら物思いに耽《ふけ》っておられるようで、閉じた檜扇《ひおうぎ》で口元を隠したまま、ぼんやりなさっておられる。

物憂げに細められた瞳《ひとみ》は切なげで、少し頼りなく、そのいつもの宮様とはまた違った表情にどきんと心臓が音を立てる。

何を……考えておられるのだろう？

誰かに、想いを馳せておられるのだろうか？

愛《いと》しい、どなたかに……？

じりりと、胸が焼けるように痛む。

わたしは身を乗り出すと、真っ直ぐに宮様を見つめ、口を開いた。

「水無瀬宮様。……宮様？　水無瀬宮様？」

「……！」

何度目かの問いかけに、ご自分が物思いに耽ってしまっていたことに気づかれたのだろう。宮様ははっとしたように身を震わせ、それから慌てたように顔を上げられた。

「あ……。も、申し訳ない。少し……考えごとを……」

「……いえ。それはよろしいのですが……。あの、何か心配ごとでも……？」

おずおずと尋ねると、宮様はそれに何やら思うところがあったのか、ふと苦笑をもらされ、それからと両手を膝の上へと下ろされた。

そしてすうっと……流れるような優雅な仕草で頭を下げると、真剣な眼差しを御簾へと……わたしへと向けられた。

「ぼんやりしてしまい……申し訳ありません。お気遣い、ありがとうございます」

「……！　あ……」

「ですが……どうかお気になさらず。心配ごとも悩みも……ありません。少なくとも、瑠璃姫のお耳を汚すようなことなど、何も」

「………」

言外に、『たとえ悩みがあったとしても、それは瑠璃姫には話さない』という含みを感じ、ぎくりとして息を呑《の》む。

それはまるで、わたしたちはそういった気安い仲ではないという風にも聞こえて……。

今上の女御《にょうご》となる姫と、そのもとに御文を届ける御使者。

今上のために笛を習う姫と、その師。

あくまでもわたしたちの関係はそれで、友や恋人といったものではない。

だから、胸の内を気安く話したりはしない。

そう仰られているかのようで……。

「……っ……」

ずきんと、ひどく胸が痛む。

わたしは唇を噛《か》み締め、扇で顔を覆った。

どうして……？

何故、わたしは傷ついているのだろう？

何故、涙が溢れそうになっているのだろう？

たとえ、水無瀬宮様が率直に言葉に出してそう仰ったとしても、それは間違いではないわ。

確かに、わたしと水無瀬宮様は友でも恋人でもない。親しい関係ではないのだもの。

そう仰るのも、当然なのよ……。

だけど……ああ、どうして……？

身が切られるように痛いわ……。苦しいわ……。

「……………」

涙が溢れそうになるのを必死に堪《こら》え、じっと胸の痛みに耐える。

そんなわたしを尻目《しりめ》に、宮様は再びぱらりと扇を広げて、雅《みやび》やかに口元を隠すと、ふっと瞳だけで微笑んだ。

「しかし……お気遣いはありがとうございます。嬉しいですよ」

「っ……！　……は、い……。あの……宮様……」

「ああ……。そういえば……この前に、私が今上より御文をお預かりした際……」

「……！」

苦しさを隠しつつもごもご紡《つむ》いだわたしの言葉を、しかし宮様はにこにこしながら遮《さえぎ》り、やや強引に話題を転換する。

それで、先ほど物思いに耽っていたことに、宮様はもう触れられたくないのだと知る。

わたしはしゅんとして、「……はい」と小さく返事をした。

「今上が、私への文の中で、清涼殿《せいりょうでん》の前の椿《つばき》について触れておられました。大変可憐《かれん》で美しいのだとか。私から聞く話と、姫からの御文、そこから拝察する瑠璃姫のように、清らかで、可憐で、美しいと。心が洗われるようだと……」

「……！　今上が……」

「ええ。その椿を見て、ご自身を慰めておられるようです。入内が延期になり、寂しい思いをしておられるのは、姫だけではなく、今上も同じなのだと拝察します。ですから、私は一つ、今上にお願いをしたのです」

「……？　え……？」

え？　ええと？

今の、前後の文、通じていたかしら？

椿の花がわたしのようで？　美しくて可憐だと……。

ううー……ん……。それはちょっと、聞いていて恥ずかしくなってしまうのだけど……。わたし、そんなに可憐で清らかで美しくはないのだけれど……。やだ……今上はそんな風に思っておられるの？

わ。どうしましょう。お会いした時に、がっかりなさるのではないかしら？

瞬間、物凄く焦って……しかしすぐに、考えが脇道に逸《そ》れてしまったことに気づいて、首を横に振る。

じゃなくて。ええと……今上が「椿が美しい」と宮様宛の御文に書いてらっしゃったので、宮様は一つ今上にお願いした……と？

んん? やっぱり、脈絡がないようにも思えるのだけれど……。

「あ、あのぅ……? 宮様?」

わけがわからずおずおずと問いかけるも、しかしそれには答えることなく、宮様はぱちんと扇を閉じると、先ほどから脇に置いてあった金の蒔絵《まきえ》も美しい文箱《ふばこ》を手になさる。

ああ、あれ……。こちらにいらした時から気になっていたのよね……。

今日の宮様は文箱を二つ持っていらっしゃって、一つは今上からの御文ですと大江を介《かい》して受け取ったのだけど、もう一つの文箱はずっと脇に置いてらっしゃって、なんなのだろうと、ずっと気になっていたの。

受け取ったほうの文箱と、多分対《つい》の物なのだと思うわ。二つを並べると、蒔絵が繋《つな》がるようになっているみたいなんだもの。ということはおそらく、あれも今上よりお預かりしたものだと思うのだけど……。

でも宮様はそれについて触れることもないし、だからこそ「それはなんですの?」とまるで催促《さいそく》するかのようにお尋ねするのもはしたないような気がして、黙っていたのだけど……。

その謎がようやく解けるのだと思い、少しわくわくと胸を弾ませた、その時。

宮様は、全く予想していなかった……いいえ。予想などできるはずもない……ひどく意外な言葉を口にされた。

「……姫。決して御簾の中には入りません。御姿を見ることもいたしません。今上に誓います。ですから、御簾の傍《そば》に寄ってもよろしいでしょうか?」

「っ……? えっ?」

思わず、小さく声を上げる。

当然です。貴族の姫は、触れ合えるほど近くまで殿方の接近を許したりしません。身内や夫となる方ならともかく、いえ、そういった方たち相手でも、成人してからはきちんと距離を取り、顔を隠して応対をするもの。

そもそも、身内や夫となる方でもないのに、母屋《もや》の中までお招きすることだけでも稀《まれ》。特別待遇なのです。

宮様は、今上の御使者であり、笛の指南役でもあり、ですからこうして母屋の中までお招きすることを許されていますが、そうでなくては、わたしはともかく、お父様《もう》やお兄様、そして今上が、宮様がわたしの部屋に入ることを許すことはありません。

つまり、何が言いたいのかというと……これはとても非常識なことなのです。

宮様が、それを承知しておられないはずはなく……。

「…………」

どういう……ことなのだろう？

何故、その場ではいけないのだろう？

文箱を渡したいだけなら……今は人払いをしてしまっているけれど、扇を鳴らして、大江を呼べばいい。そして大江を介して渡せばいいはずだわ。一つ目の文箱のように。

けれど、水無瀬宮様は常識外れのことをなさったり、礼節を軽視なさったりするような御方ではない。

だからこそその宮様が、あえてそのようなことを仰ったのだから、それに理由《わけ》がないはずがない。

何かあるはずだわ。あえて、それを申し出た理由が。

だとしたら、お断りするべきではないのだけれど……。

「…………」

けれど、すぐさま許す勇気も持てず、沈黙する。

すると水無瀬宮様は御簾を見つめ、そしてその中のわたしに優しく微笑みかけると、再び甘美な唇を開き、ゆっくりとそれを口にした。

「……姫。私を信じてください。そして、今上を。決して、姫の嫌がることはいたしませんから。意味なく、こんなことを言っているわけでもありません。どうか」

「…………」

極力怯《おび》えさせないようにと、心がけてくださっているのか、殊更《ことさら》にゆっくりと……穏やかに、言葉を紡がれる。

ただ……真摯《しんし》な想いだけをこめて。

「…………」

室内を……沈黙が満たす。

灯台の灯芯が焼ける……じじという微《かす》かな音と、外を吹く風の音だけが、二人を包む。

ゆらゆらと揺れる炎が、水無瀬宮様の顔を照らし、その優しい唇の笑みと、真摯な瞳を印象づける。

……宮様は、嘘を口になさったりしない。わたしを騙《だま》したりなさらない。

大丈夫。大丈夫。

何度も自分に言い聞かせ、そしてようやく決心する。

わたしは手で胸元を押さえると、気持ちを落ち着かせつつ、ひっそりと言った。

「……わかり、ました……。どうぞ……」

「……！」

宮様はわたしの答えに口元を綻《ほころ》ばせると、「では……」と呟いて、文箱を抱き、そっと音もなく立ち上がられた。

さらさらと……衣擦《きぬず》れの音も雅やかに……極力わたしに恐怖心を抱かせぬように、だろう、ゆっくりと、御簾へと近寄ってこられる。

そして、御簾の端。水無瀬宮様はその前に膝をつくと、文箱の紐《ひも》を解き、蓋《ふた》を開け、中からそうっと静かに何かを取り出される。

そのままそれを御簾の端から、ゆっくりと中へ……わたしへと差し出された。

「今上が、瑠璃姫のように清らかで可憐で美しいと仰せられた、清涼殿の前の椿です。今上にお願いし、一輪、届けていただきました」

「……！　清涼殿……の……」

御簾の端から、中へと差し入れられたのは、確かに椿の花だった。

紅《くれない》の花弁がひどく目に鮮やかで、中央の黄色、葉の深緑との対比も美しい。

それは今上の仰るとおり、とても清らかで可憐で、美しかった。もちろん、わたしのようであるかは別として。

「これが……」

「ええ。私がいただいたのです。今上にも、私にくださいと……お願い申しあげました。そんな美しい椿を、私も拝見したく存じます、と。それを、今上は叶えてくださいました。瑠璃姫は、正しくこの椿のようであるかを奏上せよと、茶目っけたっぷりの御文とともに、この椿の花をくださったのです」

「まぁ……」

「ですからこれは、今上から姫に……ではありません。私から、姫に、お譲《ゆず》りさせていただきます。今上の御為、笛の練習を頑張っておられる姫に。この椿の如き、確かに清らかで可憐な姫に。私より、姫のもとにあるが相応《ふさわ》しいでしょう」

「……！」

どくんと、心臓が一際大きな音を立てる。

反射的に「え……？」と小さく呟くと、宮様が優しく笑われる。

「今上は、この椿を眺め、姫を想い、御心を慰めておられます。そして一日も早い姫の入内を心より望んでおられますよ。姫と同じく、姫にお会いできる日を待ち望んでおられます」

「……今上が……」

「ええ。私は明日、今上にこちらの文箱をお返ししようと思います。私への文も抜いて、空《から》にして。姫という華《はな》の前では椿も恥じ入り、姿を隠してしまいました、と。見えぬ椿は受け取れませぬゆえ、恐れながら、お返しいたします、と」

「……！　えっ？　まさか……？」

ほ、本当にそう仰るつもりなのですか？

驚いて目を丸くするも、宮様は平然と「ええ。姫が椿のようであるかを確かめるよう、命を受けておりますので」と仰る。

わたしは啞然《あぜん》として、ぱかんと口を開けた。

え、ええっ？　つ、椿も恥じ入って姿を隠すだなんて……どれほどですか！　わ、わたし、そんな清らかでも、可憐でも、美しくもないのですが！

み、宮様らしいお洒落《しゃれ》な返答だとは思いますが、でもそれ、わたしへの期待値が、変な風に上がることになりませんか？

わたしの想像図が、も、物凄いことになりそうなんですけど……。

「………」

でも、そのお言葉で、何故宮様が傍に寄りたいと言ったのかを、理解する。

一つは、あの文箱には今上から水無瀬宮様への御文も入っているのだわ。その『瑠璃姫は、正しくこの椿のようであるかを奏上せよ』と書かれた御文が。

今上より賜《たまわ》った御文ですもの。それを人の手に預けることなど、できるはずもありません。

だから、文箱ごと女房やわたしに渡すことはできなかったのだわ。

二つ目の理由は、今上の御心を伝えるため。そして宮様からの笛の上達に対してのご褒美の意味と、あとは励ましの意味も込めて。

おそらくぼんやりと物思いに耽《ふけ》るわたしを見て、何ごとか思うところがおありだったのだと思うわ。そして、それについて考え込まれて、それからわたしに名を呼ばれて……自分もまた物思いに耽ってしまっていたことに気づかれた……先ほどのことは、つまりそういうことなのだと思う。

思いに耽るわたしを見て……。その前に、宮様は、午前中わたしが悩みごとがあってお琴の練習から逃げたという話も聞いていて……。

だからこそ、思うところがおありで、考え込まれたのだと思うわ。

女房を介して手渡すのは簡単だわ。だってそれが普通なんですもの。

わたしはもちろんだけど、宮様としても、姫とのやり取りは女房を介すのが普通で、それに慣れていらっしゃるはず。だから裏を返せば、それが一番らくなはず。

けれど、あえて手渡しすることを選ばれた。常識から外れていたとしても。

それは、女房を介してのやり取りより、直接のそれのほうが胸に響くから……。

今上の御心が、自分の励ましが、わたしに響くように……。

わたしの悩みが軽くなるよう。憂《うれ》いが払われるよう。

そう考えてくださったのだと思う。

だって、言葉の端々に、わたしへの気遣いが溢れていたわ。

今上が、わたしをどう思い、日々過ごしておられるかを、熱心に伝えてくださった。

そして、励ましてくださった。優しく、穏やかに、温かく……。

だから、間違いないわ……。

全ては、わたしのための行動だったのよ……。

「…………」

じんわりと胸が熱くなる。

目が覚めるような……鮮やかな朱。

その花は、確かに清らかで、可憐で、美しい……。

それを差し出す白い手もまた、とても綺麗《きれい》で、美しい。うっとりするほど。

「…………」

わたしは胸を押さえ、深呼吸を一つすると、立ち上がってその手に近づいた。

そして膝をつくと、しばし逡巡《しゅんじゅん》し、それから意を決して、椿を差し出している水無瀬宮様の手を、両手でそっと包み込んだ。

「っ……？」

瞬間、びくりと水無瀬宮様の手が震える。

わたしはその体温と感触を記憶に焼きつけると、それからそっと静かに……その長い指から椿の枝を抜き取った。

「…………」

「……なんて美しいのでしょう。今上の御心、確かに受け取りました。どうぞ、今上にお伝えくださいませ。瑠璃は、今上にお会いできる日を楽しみにしております、と。そして……宮様。ありがとうございます。瑠璃は、憂いを払うことができました。お心遣い、本当にありがたく存じます」

「……っ……」

受け取った椿をそっと胸に押しつけ、熱心に言う。

水無瀬宮様は少しだけ何やら痛そうなお顔をされたものの、すぐに頭を下げて表情を隠し、

「必ずお伝えします」と言った。

「……姫。それでは、私はこれで。御前失礼させていただきますよ。笛は……変わらず、精進なさいませ。ただ、大江殿に叱られぬように」

「……あ……。はい。わかりましたわ……。大江」

少し大きな声で大江を呼び、ぱちんと扇を音を立てて閉じる。

大江がそれにすぐさま応《こた》え、しずしずとやってきて、戸の傍に控える。

「宮さまが御帰りです。御見送りを」

「かしこまりまして」

少しだけ固い表情で……しかしやはり優しく穏やかに微笑みながら会釈をして、退室なさる水無瀬宮様を、じっと見送る。

そして足音が遠くなり、完全に聞こえなくなった瞬間、わたしは、まだ宮様の温《ぬく》もりの残る手に頬を擦り寄せ、目を閉じた。

◇

何故、あんなはしたない真似をしたのか、わからない。

衝動的なものだったのだと思う。

確かに迷いはあった。なかったとは言わない。

でも、欲求が躊躇《ためら》いをすぐに打ち消してしまった。

触れたかった。ただ、触れたかった。水無瀬宮様に。

何故かはわからない。『ただ』と、そう言うしかない。明確な理由など、そこにはなく……。

宮様が帰られてからかなり経《た》つのに、未だに答えが出ない。

わたしはごろりと寝がえりをうち、ほうっとため息をついた。

ああ、不可解な事柄が増えて、今宵《こよい》もまた、眠れそうにないわ……。

「水無瀬宮様……」

明かり窓から差し込む青白い月明かりを見つめ、ひっそりと呼ぶ。

胸に息づく炎が何かもわからないまま。


どれだけ横になっていても、眠気が訪れることはなく、夜は、更けてゆく。

しかし世界が闇《やみ》に閉ざされても、胸の内の炎は消えることはなかった。

身の内の暗きところにひっそりと……しかし確かに息づき、わたしの心をじりじりと焼いていったのだった……。

四章　嵐夜に想いと罪は蕾を膨らませ

夕刻から降り出した雨は次第に風を伴い激しさを増し、今は階《きざはし》を強く叩き、眠れぬほどの音を立てている。

更には先ほどから雷までもが鳴り出し、何度も、小さな明かり窓の外が昼間のように明るくなっては、叩きつけるような激しい雨音をもかき消す物凄《ものすご》い音が轟《とどろ》く。

春の嵐にはまだ随分《ずいぶん》早い。確かにそろそろ弥生《やよい》に入ろうかという時期ではあるけれど、それでもここまでの嵐は、季節はずれもいいところで……。

「……っ……！」

い、いや……っ！

とても寝てはいられず、几帳《きちょう》を抱き締め、奥歯を噛《か》み締める。

激しい雨が、地面や建物を叩く音。

激しい風が、庭の木々を揺らし、枝がぶつかり合う音。

激しい雷の、凄まじい青白い閃光《せんこう》と、一瞬遅れて鳴り響く轟音《ごうおん》。

その全てが恐ろしく、身がガタガタと震えてしまう。

季節のものならば……それでも恐ろしいけれど……まだ我慢ができる。

けれど季節外れのものとなれば、それは凶事の前触れか、凶事そのもののようにも感じて、ひどく恐ろしい。

人を呼ぼうにも、皆はすでに、主人であるわたしに夜の挨拶《あいさつ》をして、局《つぼね》へと下がってしまっている。

時間的にはもう寝ていてもおかしくない頃で、だから「怖いから」という理由で呼びつけるのも気が引ける。

そもそも、この酷《ひど》い嵐の中では、どんな大声を出したところで、気づいてもらえるとは思えない。かといって、部屋を出て、この酷い嵐の中を、局まで行けるとも思えない。

となれば、もう、できることと言えば、必死に耐えることのみ……なわけで……。

「……ひっ……！」

小さな明かり窓の外が、一瞬、昼間のように光り輝く。

びくっと身を震わせ、几帳にしがみついた瞬間、どぉおおぉんっという轟音が鳴り響く。

わたしは、小さな悲鳴を上げて、ぎゅうっと固く目を閉じた。

「も……っ！　い、いや……っ！」

は、早く過ぎてしまわないかしら？

あるいは、早く朝にならないかしら？

そ、そうすれば、皆……大江《おおえ》も、近江《おうみ》も、少納言《しょうなごん》も右近《うこん》も来てくれるわ。そうしたら、まだ恐ろしくはないのに……っ！

けれど無情にも、今はまだ子《ね》の刻《こく》（午前0時）になろうかという頃。朝にはほど遠い。

となれば、望みをかけられるのは、嵐が早く過ぎてくれることだけなのだけれど……。
こちらも、一向に弱まる気配すら見せず、無理な望みに思えてしまう。
けれど、願わずにはいられない。早く。早く。と。
早く。早く。嵐よ過ぎてしまって。それか朝が来てしまって。
泣き出したい衝動に駆られながら、必死に恐怖に耐えつつ、祈る。
その時、だった。
「……！」
ふと、廊下が軋《きし》んだような気がして、ぱちりと目を開ける。
え……？
「……？」
思わず視線を巡らせ、廊下のほうを見る。
気のせいだろうか？
今、人の気配がしたような気がしたのだけど……。
首を捻《ひね》り、耳を澄ましてみるも……雨音と風音以外は、何も聞こえない。
「………」
そうよ、ね……？　この酷い雨風《あめかぜ》の音の中、人の気配なんて感じ取れるはずもないわ。
そもそも、これだけ雨も風も酷ければ、廊下ぐらい軋むわよ。
そう思い直し、視線を戻して几帳を抱き締める。
まさに、その刹那《せつな》。

——みしり。

「っ……！」

風雨《ふうう》に紛《まぎ》れてはいるものの、はっきりと板張りの廊下が軋む音がして、わたしははっと息を呑《の》んだ。

「…………」

今のは……もう気のせいじゃないわ。今度は、はっきり聞こえたもの。

それも……今のは、外の音じゃないわ。すぐ近く。室内の音だわ。

「っ……！」

そう思った瞬間、ぞっと冷たいものが、背中を走り抜ける。

塗籠《ぬりごめ》の外に、誰かがいる。

わたしの部屋に、わたし以外の誰かがいる。

大江？　近江？　それとも……？

「……誰……？」

妻戸《つまど》を見つめ、震える声で呟《つぶや》く。

先ほどまでとは違う恐怖が、わたしの心を一気に染め上げ、新たな震えがさざ波のように、身に広がってゆく。

まさか……誰かが夜這《よば》いに訪れたのだろうか？

この時代、貴族の姫の恋は本人同士だけのものではなく、身分や家の事情や……いろいろな面からの制約があります。

前にもちらりとお話ししましたが、身分の低い方だったり、将来性が見込めない方だったり、または家や家族の誰かの政敵だったり、さまざまな事情から「うちの姫にふさわしくない」と家の者が判断すれば、その人の御文は姫本人に届けられません。

どれだけ焦がれていたとしても、家の者に認められるだけのものを持っていなければ、恋をすることすらも許されない。

身分がないばかりに、周りが認めないばかりに、どれだけ想っていても諦《あきら》めねばならず……苦しい思いをする殿方も、実は多いと聞きます。

ですから、そのぅ……その想い余って、許しを得られぬまま強行突破し、強引に姫を自分のものにしてしまう……。先に既成事実を作って、婿《むこ》の座を手に入れる……。そういうことも、またないわけではないのです。

よくあること……ではありませんが……しかし物語に描かれたりする程度には、珍しくないことで……。

更には、貴族の……身分の高い者の中でも、人のものになるとわかっている姫のもとに通う、好きもの……というか、浮気な公達《きんだち》もいるとのこと。

そんな人たちにとって、嵐の夜は、自身の凶行を風雨の音が隠してしまう。好機と言えば、好機。

「…………」

ごくりと喉《のど》を鳴らす。

震える手で、単衣《ひとえ》の胸元を掻《か》き合わせる。

そしてわたしは、きっと妻戸をにらみつけ、努めて厳しく、冷たい声を上げた。

「そこにいるのは、誰っ！」

「……！」

瞬間、戸の向こうで、はっと息を呑む音がする。

わたしは更に、がたがたと震えつつ、しかしそれを外の者に気取《けど》られぬように努めながら、鋭く言った。

「迷い込んだだけなのなら、許して差し上げます。今すぐ立ち去りなさい。凶事《まがごと》を胸に秘めているのなら、わたしを左大臣家の瑠璃《るり》姫と知っての狼藉《ろうぜき》ですか」

今上《きんじょう》がわたしを求めておられることは、貴族ならば誰もが知っていることのはず。知っていて、わたしに何かをしようとするのであれば……。

わたしはそう続けて、妻戸をねめつけた。

「お前は、ただでは済みませんよ。天に弓引く覚悟をなさいっ！」

わたしに何かをするつもりなら、この世の全てを諦める覚悟をしなさい。

わたしは、何が起こったとしても、恥じ入り、泣き寝入りする女ではない。

お前の行いは、全て白日《はくじつ》のもとに晒《さら》され、必ずお前は裁かれる。

自分の身が可愛《かわい》いなら、あるいは戯《たわむ》れの軽い気持ちならば、今すぐ立ち去りなさい。

そういう意味を込めて、凜《りん》と言い放った。

「………………」

わたしの言葉に……しかし外の気配は、何も答えない。

重苦しい、嫌な沈黙が、室内を満たす。

それはあまりにも長くて、ふと、「人の気配がしたと思ったのは、わたしの勘違いだったのではないか」などと考えた……その時。そう。まさにその刹那。思いもかけない人物の声が、風雨に紛れて、小さく響いた。

「……私です。瑠璃姫様」

「――――っ！」

え……っ！

ぎょっとして、目を見開く。

そして次の瞬間、かぁあぁあぁあっと顔が真っ赤に染まり、わたしは慌《あわ》てて両頬《ほほ》を手で覆った。

「み、み、み……」

水無瀬宮《みなせのみや》様ぁっ？

きゃ、きゃ――――っ！　な、なんてことなのっ！

「も、も、申し訳ありませんっ！　わ、わたしったら……っ！」

み、宮様相手に、なんて啖呵《たんか》を切ってるのぉおおっ！

あぁあぁっ！　わたしの莫迦《ばか》っ！　早とちりしないで、ちゃんと訊《き》くべきだったのにっ！

「ご、ごめんなさいっ！　わ、わたし……」

「……いえ。怖い思いをさせてしまいましたね。こちらこそ申し訳ありません。私は、天にも今上にも、弓引く気はございませんので……その……。こんなところまで無断で入っておいて、信じられないかもしれませんが……」

宮様が、ひどく申し訳なさそうにぼそぼそと言う。

私は慌てて、ぶんぶんと激しく首を左右に振った。もちろん、戸に隔《へだ》たれているのだから、そんなことをしても、宮様には見えないのだけれど。

「わ、わかっておりますわ。わかっておりますとも！　本当に、申し訳……」

おたおたしながら震え声で何度も謝り、頭を抱える。

ああ！　もう、わたしったら！

そうだった。そうだったわ。この嵐のせいで、今日は宮様が邸《やしき》にお泊まりだったんだわ。

笛の指南でおいでくださる時の宮様は、朝早く迎えに来たうちの車に乗り、夕方頃にこちらにおいでになって、わたしに笛の指南をしたあと、軽い夕餉《ゆうげ》をお取りになり、近くの今上の御生母様の御実家の縁の寺へ。翌日、今上に報告の御文を書き、今上から遣わされた御文使いに渡して、御生母様の御実家で用意した車に乗って水無瀬野《みなせの》に帰られるのだけれど……。

あ、今上の御使者として、今上からの御文を託されていらっしゃる時は別です。その時は、段取りはこれと全く違ったものになります。

前回、椿《つばき》の花をいただいた時は、今上の御文使いの任も兼ねていらっしゃったので、宮様は網代車《あじろぐるま》で都までお越しになったそうですし、まずは御生母様の御実家の縁の寺へ行き、今上の御文使いから御文を預かり、それから左大臣邸へ……わたしのもとへ来てくださったのです。

その後の予定は、笛の指南でおいでくださる時と同じだったようですが。

今回は笛の指南のためだけにこちらにおいでくださったので、先ほど説明した予定……のはずでした。

しかし今日は、こちらにおいでになった直後に雨が降り出し、笛の指南が終わる頃にはすでにひどい嵐となっていて、御寺まで行くことができなかったのです。

そうよ。それで、西の対にお部屋を整えて、泊まっていただくことになったんだったわ。わ、忘れてた！　そ、そりゃあ、覚えてたとしても、まさか宮様が、こんな時間にわたしの部屋に忍んでくるなんて思いもしないもの。け、結果は同じだったかもしれないけど……！　あああっ！　でも、でも、わたしの莫迦っ！　咳呵なんか切る前に、もっとちゃんと訊くべきだったのよっ！　宮様はきちんとした方だもの。ちゃんとお尋ねしていれば、ちゃんと答えてくださったはずよっ！　ああ、もうっ！　莫迦っ！

あまりの恥ずかしさに泣きそうになりながらも、しかしようやく、それで、「そうだわ！　どうしてこんな時間にわたしの部屋に？」という疑問に辿《たど》り着く。

わたしは顔を上げて、じっと妻戸を見つめた。

「あ、あの……宮様？　あの……どうしてこちらに？　何かございましたでしょうか？　何か用事でも……？　足りないものなどございましたでしょうか？　家の者を呼んだほうがよろしいでしょうか？」

おずおずとそう言うと、水無瀬宮様は、低い声で「いえ……」と言う。

「手厚くもてなしていただきました。足りないものは、何も……。用事も、別に……」

「え……？　では、どうして……」

「……姫が怯《おび》えておられないかと、思い」

「……！」

え……？

それは思いがけない言葉で、わたしは思わず目を丸くした。

「え……？」

「季節外れの嵐です。しかも、酷い。先刻より、雷も加わり、ますます酷くなって……。姫が怯えておられるのではないかと、心配で……」

「…………」

「時間的に、女房殿を起こしてしまうのも忍びなく、また姫も寝ておられるかもしれず、戸の外から気配を窺《うかが》い、大事ないようでしたら、部屋に戻ろうと……」

「……宮、様……」

「許しもなくここまで入るなど、無礼千万。それはわかっております。ですが怯えておられるならば、そしてお許しをいただけるのであれば、母屋《もや》のほうで宿直《とのい》でもさせていただこうかと、そう思い……。申し訳ありません。出過ぎた真似《まね》をいたしました。別の意味で、姫に怖い思いをさせてしまいました……」

わ、わたしのため……？

わたしのために、来てくださったの……？

わたしが、季節外れの嵐に怯えているかもしれないと、心配して……？

無礼に当たるのは承知の上で、でも心配で、戸の外から気配だけでも窺おうと……。

わたしが健《すこ》やかに寝ていたら、そのまま部屋に帰り、わたしが怯えていたら、宿直がてら、元気づけるつもりで……。

この風雨だもの。渡殿《わたどの》は水浸しなはずだわ。しかも、更にどんどん容赦《ようしゃ》なく雨が吹き込んできていて、だから燭《しょく》も使えない。蠟燭《ろうそく》の火など、一瞬で吹き消えてしまうはずだもの。なのに……来てくださったの？　真っ暗な中？　濡れるのも構わず？

危険だって、あるかもしれないのに……？

「……っ……！」

先ほどとは別の意味で、かぁーっと顔が真っ赤に染まる。

心臓がどきどきとうるさいほどに脈打ち、言いようもなく痛む。

わたしはぎゅっと固く目を閉じて、両手で顔を覆った。

嬉《うれ》しくて、嬉しくて、死んでしまいそうだわ……っ！

だからこそ、切なくて、苦しくて、痛い……っ！

もう認めないわけにはいかなかった。

自分が恋をしているということを。

今上に抱いていた想いは、恋ではなかったということを。

わたしは、水無瀬宮様が好きなのだわ……。今上ではなく。

今上のことは、確かにお慕いしているわ。お慕いしているけれど、それは言葉にするなら、尊敬や敬愛といったもので……。

お父様やお兄様方を慕《も》う気持ちと、ほとんど変わらないもので……。

それは、恋ではなかったのだわ……。

「…………」

無言のまま、ぎりっと唇《くちびる》を嚙み締める。

恋をしているのだと思っていた。

ずっと。自分は、今上に恋をしているのだと。

東宮《とうぐう》候補に御名が上がるような方から御文をいただき、それはとても誉《ほま》れ高いことで、わたしは誇らしかったわ。

御文の手蹟《て》はとても素晴らしく、お歌も見事。御料紙選び一つとっても、非の打ちどころがなく、その立派さに惹《ひ》かれていった。

惹かれていったと思っていた……。

でもそれは、今から考えてみれば、尊敬していったということなのだわ。

だって……こんな風にどきどきしなかったもの。感激に死んでしまいそうな思いをしたことなど、なかった。震えるほどの歓喜に声も出せないなんて経験をしたことも、なかった。

やがて東宮として立たれ、その後唐突に、帝《みかど》となられたあとも……。

それでわたしの入内《じゅだい》は延期になったけれど、いつ入内できるのかという不安を抱いたことはあったわ。本当に入内できるのかと思ったことも。あんなにも頻繁《ひんぱん》に来ていた御文がぱたりと来なくなって、寂しい思いをしたことも。

でも、はじめて宮様とお会いしたあの日……宮様が帰られたあとに経験した、あんな思いを抱いたことは、一度もなかったわ。

会いたくて会いたくてたまらなくて、寝ても覚めても宮様のことしか考えられなくて、何も手につかなくて、苦しくて苦しくて……。

もう一度、一目なりと会いたいと、嘘《うそ》までついて、お父様《もう》に我儘《わがまま》を言った……。
そんな想いは、一度として抱いていないわ。
「………」
胸に広がってゆく、ひどく苦い思いを噛み締める。
そうなの……だわ……。
宮様に会いたいと願うように、今上に会いたいと願ったことはない。
宮様の言葉に歓喜するように、今上の言葉に喜んだことはない。
宮様を想って泣くように、今上を想って泣いたことはない。
それが、全てなのだわ……。
残酷だけれど、それが全て。
できることなら、知りたくなかった。気づきたくなかった。夢を見ていたかった。
でも、知ってしまった。気づいてしまった。夢は終わってしまった。
これが、現実。そしてわたしの、真実。
「………」
あの人よ、わたしのもとに来い。
あの人の心よ、わたしのもとに来い。
来い、来いと、浅ましいまでに、求めて、求めて、求める気持ち。
それが、来い――『恋』なのだ。わたしはそれを、今上に感じてはいなかった……。
お慕いしていたと思っていた。恋をしていると思っていた。

でもそも、それが間違いだったのだわ。

わたしは、恋を知らなかった……。

恋がなんたるかを、理解していなかったのだわ……。

宮様に、お会いするまで……。

「……姫?」

「…………」

わたしが黙ってしまったからでしょう。宮様が訝《いぶか》しげにわたしを呼ぶ。

それにまた、とくんと心臓が跳ねて……。

わたしは小さく苦笑すると、そっと息をついた。

「……申し訳ございません。少し、驚いて……」

「……本当に、お気に病ませてしまい、申し訳ありません。怖い思いもさせてしまいました。よく考えもせず、私は……」

「いえ……。謝らないでくださいまし。宮様のお気遣い、本当に嬉しく思いますわ。実は、そのとおり……恐ろしくて眠れずにいたのです。横になっている余裕もなく、几帳にしがみついていたものですから……」

恥じらいながらそう言うと、宮様は驚いたのか、「几帳に……?」と呟かれる。

しかしすぐに、くすっと小さく忍び笑いをもらされた。

「それなのに、あの啖呵ですか……」

「……! それは、そのぅ……あ、あの……大変申し訳なく……」

「いえ、責めているのでも、莫迦にしているのでも、嫌《いや》みを言っているわけでもありません。悪い意味で言ったわけではありません。誤解なさらず。少し、驚いたのです。恐怖を押して、尚も凛《りん》と言い放った……なんと、御立派なことか」

「……！」

「まだお小さくていらっしゃるのに、すでに女御《にょうご》としての矜持《きょうじ》と威厳を持っておいでだ。それはとても素晴らしいことです」

「…………」

……そんなことはない、と思う。

女御としての矜持と威厳を持っていたなら、今上以外の殿方に心奪われたりはしないはず。

曖昧《あいまい》に笑って流すと、水無瀬宮様が「では、姫」と再び優しくわたしを呼ぶ。

「この戸の前で、宿直をさせていただいてよろしいでしょうか？　嵐が過ぎるまで」

「……！　え……っ？　戸の前で……？」

火桶もないのに、そこはひどく寒いのでは……。

というより、この激しい風雨の中、渡殿を歩いてこられたのなら、かなり濡れておられるのでは……。

戸惑い、妻戸を見つめて、迷う。

嵐は怖い。独りは怖い。宮様がここにいてくださったら、どれほど心強いだろう？

でも廂《ひさし》はとても寒いはずよ。格子《こうし》は下ろしているものの、でもそれだけだもの。雨風が容赦なく吹き込んでいるかもしれない。

そして、西の対から来られた宮様は、少なからず濡れておられるはずで……。

でも、かといって、変に遠慮をするのもどうかと思う。こうして来てくださった御厚意を無にしてしまうわけにはいかない。

怖いと正直に口にしてしまった手前、「大丈夫です」と強がり、この風雨の中、西の対へと戻っていただくのは忍びないし、失礼にもなるでしょう。

それに……いて欲しい。嵐が収まるまでだったとしても。宮様に……ここに……。いて欲しい。誰にも気兼ねせず、全てのしがらみを脱ぎ捨て、ひととき語らうことができたなら……。

ああ、それは、なんて素敵なことなのかしら……。

「………」

両手を胸の前でぎゅっと握り合わせる。

ゆっくりと深呼吸を一つして、気持ちを落ち着ける。

そのまましばらく逡巡《しゅんじゅん》したあと、わたしは意を決して、顔を上げた。

「……宮様。そのままそちらで過ごされては、風邪を召《め》されてしまいますわ。どうぞ、お入りくださいませ」

「――――っ？」

それは、予想だにしていなかった言葉に違いなく、瞬間、宮様が戸の前で大きく息を呑む。

しかしわたしは、同じ言葉を更に繰り返した。

「お入りくださいませ。宮様」

「いや……！　そ、それは……。流石《さすが》に、御寝所に立ち入るわけには……」

「……几帳で仕切りはいたします。宮様は、そこから先に立ち入ることはなさらないと、瑠璃は信じております。宮様は、絶対に、瑠璃に無体《むたい》なことはなさらない。違いますか？」

「それはもちろん。ですが……しかし……」

「お待ちくださいませ。今、几帳を直しますわ」

「……」

戸惑う宮様に畳《たた》みかけるように言い、わたしは素早く立ち上がり、褥《しとね》を囲むように几帳を並べ直す。

そして袿《うちぎ》を羽織《はお》ると、再び「どうぞ」と言う。

「……」

妻戸の向こうが静かになる。きっと、ひどく戸惑っておられるのだと思う。

けれど、不思議とわたしの心は穏やかだった。今上以外の殿方を寝所に招き入れるという、恐ろしくはしたないことをしているのに。

何故《なぜ》だろう？　それはとても自然なことのように思えたのだ。想い人の身を案じることも、その方とひとときを過ごしたいと思うことも。

作法や常識や……そういったものとは関係なく、傍《そば》にいて欲しい。独りにして欲しくない。

そう思うことは、ひどく自然なことのように思えて……。

「……」

なおも沈黙は続き、室内を、雨と、風と、雷の音だけが満たす。

そして——かたんと音を立て、ゆっくりと妻戸が開いた。

小さな明かり窓一つしかない塗籠内は真っ暗で、稲光が空を走らない限りは、お互いの姿を見ることは叶わない。ぼんやりと人影が確認できるのみ。それもおぼろげなもので……。

けれど、確かに入ってきた証拠に、水無瀬宮様の薫香《くんこう》が鼻孔《びこう》をくすぐる。

「…………」

手で几帳の位置を確認しているのか、几帳の絹が擦《こす》れる音がする。

そしてさやさやと布擦《きぬず》れの音がして、気配が近づき、芳香が強くなる。

息をつめてじっとしていると、几帳の向こうで、宮様が腰を下ろされる気配がして……。

瞬間、空を凄《すさ》まじい稲光が走り抜け、室内を明るく照らして、几帳の向こうの人影を浮かび上がらせた。

続く、轟音。

「っ……！」

とっさに耳を押さえて身を竦《すく》め、目を閉じると、とても近くで「大丈夫ですよ」と、優しい声がする。

そのあまりの近さに、どきんと胸が高鳴った。

二度目……だわ。これほど近くに、宮様を感じるのは。椿の花をいただいた時以来……。

あの時は、ごくわずかな時間だったけれど……。

でも、今は……。

「……み、宮様……」

いろんな意味で動揺しながら、か細い声で宮様を呼ばうと、几帳の向こうで、宮様がくすりと失笑をもらされた。

「……そうですね。そうなのですよね。ふふ……。姫はしっかりしておられるから、ついつい忘れてしまいます。まだ姫が、十五歳であることを、つい……」

「……？　そうなのですか……？」

「ええ。そう。本当の姫は、素直で、純粋で、稚《いとけな》く、おかわゆらしい。眩《まぶ》しいほどに。けれど、いつもはとてもしっかりなさっているから、もっと大人で、酸《す》いも甘いも心得ておられる方と勘違いしてしまうのです」

「……それは瑠璃が、至らないということですか？」

大人の女性に見えて、その実そうでないというのは、良くないことなのでは……。

しかし、そのわたしの考えはおそらく、宮様にとっては見当違いのものだったのでしょう。

宮様が再び忍び笑いをもらされる。

そして「いいえ。そうではありませんよ」と穏やかに言って、更にくすりと笑われた。

「至らないのは、勘違いしてしまうほうです。そう……。例えば、私のような」

「え……？」

宮様が、至らない……？

思わずぱちくりと目をしばたたかせ、几帳を見る。

「……？　宮様は御立派な方ですわ。それは一体、どういう……」

「………」

首を傾《かし》げつつそう尋ねるも、宮様はそれにはお答えくださらず、しばし沈黙したあと、先ほどよりもやや固い声で言った。

「瑠璃姫様。いいですか？　二度としてはなりませんよ。寝所に男を入れるなど。姫にとってそれは、純粋に相手の身を案じ、その性根《しょうね》を信じ、邪《よこしま》な思いなど一切なく、ただやむを得ず、必要に迫られてしただけのことかもしれません。しかし、その真澄《ますみ》なる心を、理解しない者は多いのです。そして、自分の愚劣《ぐれつ》な性根で、姫の真意を測ってしまう」

「……！」

自分の愚劣な性根で、相手の真意を測ってしまう……？

え？　ええと……？　それは、一体……？

「それは、どういう……」

「自分はそうではないから、自分はこうだから、相手もまたそうだろうと、自分の尺度で物を考えてしまうということです。今の例で言うなら、自分ならば、ただ一心に相手の身を案じ、相手の性根を信じて、邪な思いなど一切抱かず、誰かを寝所に引き入れることはない。必ず、下心を抱いている。ともすれば……とね。ならば、姫もそうだろう。姫は自分を誘っているに違いない。自分と契《ちぎ》りたいのだ、と……」

「……！」

ぎょっとして息を呑むと、宮様は「私はそう考えてはいませんよ。あくまでも一般論としてお聞きください」と少し慌てたようにつけ加えて仰《おっしゃ》った。

「もっと悪質な者は、それを利用したりもします。姫の純なる気持ちを理解しながら、しかし姫の真意を測れなかったふりをすれば、それは姫を手にかける口実にもなってしまうのです。自分は寝所に招き入れられたのだ。女に寝所に誘われて、手を出さぬ男はいないもの。だから姫も承知で、自分を招き入れたのだと思った。自分と契りたいと思って言ってくださっているのだとばかり……とね。その者が、悪意を持ってそう申し開きをしたなら、姫の名誉を著《いちじる》しく傷つけ、なおかつ自分は同情を買い、罪を軽くすることも可能になってしまいます」

「……それ、は……」

「大人というものは、ある程度そういった人の汚い部分を見知っています。ですから、容易《たやす》く人に全幅の信頼を寄せない。その者が自分に仇《あだ》をなした場合、自らを守れるように、幾重《いくえ》にも保身を図るものです。保身を図れば、相手の身だけを考えての行動はしづらくなるものです。そこにはたくさんの打算があり、言葉の裏を、真意を常に、測ろうとする気持ちがあります。それはある面では、知恵とも言えます。自分の身を守る術《すべ》とも言えます。けれども、大人の至らない面でもあると、私は思います。真っ直ぐに人を信じ、心から人を案じ、人のためだけを思って行動することができなくなっているということでもあるのですから」

「…………」

「ですが同様に、姫の真澄なる御心も、それはとても素晴らしいものであり、誇れるものでもあり、決して失っていただきたくないものです。武器ともなるでしょう。しかし同時に、姫の弱点ともなりえます。使いようを間違えれば、姫を奈落《ならく》に突き落とすこともありえましょう。ですから、二度と。人を案じて、信じて、素直に行動することはとても良いことです。ですが、その時に、御自身の身を案じることもまた、忘れないでください」

「……わかりました」

少しぴんと来ない部分もあったけれど、でも宮様の仰りたいことは理解したため、「二度といたしませんわ」と約束する。

それにホッとしたように、宮様が息をつかれる。

「良かった……。では、お説教はここまでにいたしましょうか」

心の底から安堵《あんど》したようなその声に、宮様がどれだけわたしのことを心配なさってくださっていたかを知る。

だからこそ、ちくりと胸が痛んだ。

違うのに……。

違う。違いますわ。宮様。確かにわたしは、宮様の身を案じたけれど……でもそれだけではないのです。ちゃんと下心もあったのですよ。

確かにその下心は、今上を裏切るような大それたものではありませんでした。ただ、今宵、少しだけ語らうことができたらと……。誰の目も届かぬところで、二人だけで語ることができたらと……それだけのものではあったけれど……。

でも宮様。瑠璃は、真澄の心でお招きしたわけではないのです。そこまで、瑠璃は子供ではないのですよ。

それは……決して言葉にはできないけれど……。

「………」

ちくちくと痛む胸を手で押さえ、そっと息をつく。

瞬間、稲光が空を走り抜け、小さな窓から強い光が差し込む。

しかし続く轟音は少し遅くて、次第に雷雲が過ぎていっていることがわかる。

それに思わずほっと息をつくと、宮様がぱちんと扇を閉じて、口を開かれた。

「姫。お約束いたしますよ。私はここより、決して中へは入りません。ここを動きません。姫や今上の信頼を裏切るようなことは、一切いたしません。ですから、安心してお眠りなさい。まだ雨も風も雷も酷いですが……じきに収まりましょう。明日、お寝坊をして、大江殿に叱られぬように」

「……！　大江に……」

「ええ。大江殿のお小言は怖いでしょう？」

少しおどけた言い方に、笑みがこぼれる。

「ええ。大江は容赦がないのですもの」

「では尚更《なおさら》。大江殿を怒らせないようにしなくては」

「そう……なのです……けれど……」

雷はまだまだ酷くて、とても恐ろしい。

宮様も近くにおられるせいもあって、とても落ち着いて眠れるような感じでは……。

いいえ。それよりも、眠ってしまうのがもったいなくて仕方がない。せっかく宮様が近くにおられるのに。

大江や他の女房たちの目がない状態で会うことなど、もう叶わないだろう。そう思うと、この時間を少しでも無駄にしてしまうのは、あまりにも惜しい。

だから、とても眠る気になどは……。

でも、まさか、「宮様が傍にいてくださるのに、もったいなくて眠れません」などとのたまうわけにもいかず、他に夜更かしする理由はないかしらと必死に思案していると、何をどう考えられたのか、不意に宮様が、「ああ、そうですよね……」と呟かれる。

「……？」

ええと……？

一体何が、そうなのかしら……？

「ええと……宮様？」

「これだけ真っ暗なのです。話していないと、本当に傍にいるのか、不安にもなりますよね。姫が不安や恐怖を忘れることができなければ、一体なんのための宿直なのか……。しかし私が話していたら、姫はいつまで経《た》っても眠ることができない。これは困ってしまいましたね」

「……！」

あ……！　た、確かに……。

思わず、目を丸くして、手で口元を押さえる。

あら……！　だったら、これを夜更かしの理由にできないかしら。

静かになってしまうと、風雨と雷の音ばかりが耳につき、恐ろしいので、お話をしてくださいませ。瑠璃としばし、語らってくださいませと……。

そうだわ！　そう言えば、きっと……。

光明が見えた気がして、口元がほころぶ。

わたしは逸《はや》る心を押し留めつつ、それを口にした。いえ、しようとした。

しかし、その時。

かっと空が青白く輝いたのと同時に、几帳の絹の合わせ目から、少しだけ白い手が覗《のぞ》く。

白くて、長い指が綺麗《きれい》で、ふっくらした女の手とは違う、骨っぽくてごつごつした手。

だけど綺麗で……一目見た時にも感じた……息を呑むほどに優美な手が……。

「……！」

驚いて身を弾かせた時には、室内が闇に沈み、轟音が鳴り響く。

そして、その轟音が少しの余韻を残して消えたあと……。まるでその音が消えるのを待っていたかのように、低くて、甘くて、優しく、雅《みやび》やかで……少し掠《かす》れているけれど朗々とした、宮様の声が響いた。

「姫。今一度、誓いましょう。私はここより、決して中へは入りません。ここを動きません。中を覗くようなこともいたしません。姫や今上の信頼を裏切るようなことは、一切いたしません。ですから、安心してお眠りなさい。手を、握っていて差し上げますから」

「っ……！」

「そうすれば、安心できるでしょう？」

手……を……？

椿を受け取る時に、誘惑に駆られて一瞬だけ触れた……その綺麗な……大きな手。

それに……触れられる、の……？　触れて、いいの……？

もう二度と……触れることはないと、触れられることもないと、そう思っていた……手に？

かぁっと頬が熱くなり、胸がきゅうっと痛む。

わたしは両手で口元を覆い、目を閉じて身を震わせた。

どうしよう……っ！　嬉しい……っ！

宮様にとっては、わたしの怯えを消すためだけ、わたしの心を慰めるためだけの行為に過ぎなくても……。

宮様にとっては、親が子に、兄が妹にするようなものの延長で、決して今上を裏切るような行為ではなくても……。

でも、わたしにとっては違う。

心は立派に、今上を裏切っている。

だって……手と手であっても、恋焦がれつつ触れるのだから……。

その、なんと罪深いことか。

でも、嬉しい……っ！　どうしようもなく、嬉しい……っ！

嬉し過ぎて、涙が零《こぼ》れてしまいそう……！

「……っ……！」

わたしは枕を引き寄せ、髪を髪箱に入れ、ころんと仰向けに寝転がった。

そして、暗闇の中、探るように、几帳へと手を伸ばした。

たよりなく伸ばした指先が、温かな体温に触れる。

瞬間、ぱしっと……意外にも力強く宮様の大きな手が、わたしのそれを捕らえる。

どくんと、心臓が一際《ひときわ》大きく跳ね上がった。

「…………」

どくんどくんと、心臓が音を立てる。

それは、雨よりも、風よりも、雷よりも……何よりも耳について、この音が宮様に聞こえてしまわないかと、わたしを不安にさせた。

宮様が、力強くわたしの手を握ったまま、そっとそれを床へと下ろされる。浮かせていたら疲れてしまうと思っての配慮でしょう。

その一つ一つの小さな心遣いが、嬉しく……愛《いと》おしい。

「……っ……」

きつく、唇を噛み締める。

そう。愛おしい。

愛おしくて、愛おしくて、たまらない。

くるおしいほどに、わたしを惹《ひ》きつけて、やまない。

なんて、罪なお方なのでしょう。なんて……。

わたしの心を捕らえたまま、片時もお放しくださらない。

この手と同じように、しっかりと力強く捕まえたまま……。

だからどんどん……惹き込まれてしまう。

それは罪だと、わかっているのに……。

わたしは唇を噛み締めたまま、ぎゅっと目を閉じた。

「…………」

――熱いわ。

触れられている部分が、燃えるよう。

このまま……溶けてしまいそうなほど……。

「…………」

時が止まればいいのにと思った。

嵐が過ぎなければいいのに、と。

朝など来なければいいのに、と。

あれほど嵐が早く過ぎるのを願い、朝を待ち望んでいたのにもかかわらず……。

思う。想う。願う。祈る。ひとえに。ひたすらに。

ずっとこうしていられたらいいのに、と。

それが罪であると、知りながら。

叶わぬ望みであると、知りながら。

◇

ふと目が覚めた時、すでにそこに宮様の姿はなかった。

「っ……！」

がばっと起き上がり、周りを見回すも、塗籠《ぬりごめ》の中には、やはりわたし一人。

夢……？

一瞬そう思ったものの、鼻孔をくすぐる芳しい薫香が、確かにここに宮様がいらしたことをわたしに告げる。

明かり窓に目をやると、まだ外は充分暗いことがわかる。

けれど耳を澄ませても、あの激しい雨や風の音はしない。嵐はとうに過ぎ去ったようだった。

「……宮様……？」

部屋に戻られたのだろうか？　嵐が止んだから……？

それとも……。

「…………」

しばし逡巡《しゅんじゅん》し、それから起き上がる。

袿《うちぎ》を数枚羽織《はお》り、髪を手でささっと整えると、わたしはそっと妻戸を開けた。

さぁっと、ひどく冷たいけれど、澄んでいて爽《さわ》やかな風が頬を撫《な》でる。

「さ、む……！」

ぶるりと身を震わせ、袿をかき合わせつつ簀子《すのこ》まで出ると、そこは、昨日の嵐の凄まじさを如実に物語るひどさだった。

ものの見事にびしょびしょに濡れている上、庭から飛んできたのだろう。枯葉や小さな枝や砂が散乱していて、危ない。迂闊《うかつ》に歩けば、足の裏を怪我《けが》してしまいそうだった。

格子も御簾《みす》も、廂の床もすっかり濡れている。流石にこちらには、枯葉などは入りこんでいなかったけれど。

空を見上げると、やはり夜明け前。藍《あい》色の……美しい黎明《れいめい》の空。徐々に明るくなってきてはいるけれど、皆が起き出すにはまだ早い時間。辺りもまだ暗い。

「………」

わたしはきょろきょろと辺りを見回したあと、そっと耳を澄ました。

何故だか……自分でもわからない。けれど、宮様は西の対に戻られたのではないと……妙な確信があった。

宮様がいつ塗籠をお出になったのか、それはわからない。

もしかしたら、それはかなり前のことで、もう宮様はこの邸《やしき》にいらっしゃらないのかもしれない。

でも部屋に満ちていた薫香は、つい今さっきまで、宮様がそこにいらっしゃったかのような強さだった。手も、まだ温かくて……。

本当に、つい先ほどまではいらしたのかもしれない。

だとしたら。だとしたら。

「………」

じっと耳を澄ますと、車宿《くるまやどり》のほうで、何やら物音がいくつもする。

やっぱりという思いでわたしは視線を巡らせ、袿の裾《すそ》が濡れるのも構わず、中門廊《ちゅうもんろう》を渡り、車宿へと足を向けた。

しかし、侍所《さむらいどころ》まできたところで、はっとして足を止める。

東中門の前に、やはり牛車《ぎっしゃ》の用意がされていて、その前には……。

「宮様……と、鷹柾《たかまさ》お兄様……？」

牛車の用意が整うのを待っていらっしゃる様子の宮様の横に、物凄く不機嫌そうな顔をした狩衣《かりぎぬ》姿の鷹柾お兄様がいらっしゃって……。

「………」

どうしよう……。

お兄様の目の前で、姿を晒してお声をかけるなんて無作法はできないわ。

どうしても、一言お礼を言いたかったのだけれど……。

でも、宮様が一晩わたしの部屋で過ごされたことは誰にも内緒だから、女房を通すわけにもいかない。

だから間に合うならと、姿を晒すことは無作法ではしたないこととわかっていても、一目、お会いしたくて、お礼を言いたくて、お探ししたのだけれど……。

「………」

物陰に隠れたまま、でもお礼を諦めるのも嫌で、どうしたものかと思案していると、不意に鷹柾お兄様が、ふぅとため息をつかれる。

そして、ぐっと頬を引き締め、鋭い視線を水無瀬宮様へと向け、冴《さ》え冴《ざ》えとした冷淡な声で一言、予想だにしなかった言葉を口にされた。

「……水無瀬宮殿。無礼を承知で申し上げます。どうぞ、もうこちらへは、来ないでいただきたい」

「っ……！」

えっ……？

まさかの言葉に、思わず目を見開く。

しかし……どうしてでしょう？　宮様にとっては、それほど意外な言葉ではなかったのか、微塵《みじん》も驚いた様子は見せず……。いえ、それどころか、ぽつりと落とすような苦笑を浮かべる余裕すら見せられる。

それにまた驚いて、あっけにとられて口を開くと、宮様はいと優雅に、閉じた檜扇《ひおうぎ》で口元を隠して、鷹柾お兄様を一瞥《いちべつ》した。

「……妹姫が、御心配ですか？」

「……ええ。愚《おろ》かと、思われるかもしれませんが」

「まさか。愚かなどと……」

宮様が悲しげに微笑まれ、ゆっくりと首を横に振られる。

「そのようなことは、露《つゆ》ほども。むしろ、当然のことかと。それより、どなたが貴方《あなた》のお耳に入れたのでしょう。大江殿でしょうか？」

「……ええ。瑠璃が貴方に懸想《けそう》しているようだと」

「……！」

大江が……？

わたしが、水無瀬宮様に心奪われていることに……大江は気づいていたの……？

言葉を失っていると、宮様が「それは……」と呟き、苦しげに目を伏せられる。

「あとは……昨夜《ゆうべ》、貴方が瑠璃の部屋へ忍んでいったと。嵐の凄まじさに心配になり、瑠璃のもとへと行ったら、妻戸の前に立って、中にいる瑠璃と語らっている貴方を見てしまった。どうしたものかとおろおろしているうちに、貴方が瑠璃の部屋に入ってしまったと……」

「……！」

これには、宮様も驚かれたのか、はっとした様子で鷹柾お兄様に視線を戻された。

「……ああ、それでは……」

「あの嵐の中使いを走らせ、私に知らせてきました。私が駆けつけた時、あの大江ががたがた震えながら、泣いていましたよ。間違いがあったらどうしようと……自分のせいだと……」

「…………」

「もっと早くに知らせるべきだったと。何故、そうしなかったのか。入内する前に、淡い初恋などを経験するのもいいだろうなどと、何故そんなことを思ってしまったのだろうとね……。哀れに思うほどの取り乱しようでした。あの気丈な大江が」

「……悪いことをしてしまいました。一晩中……ひどく恐ろしかったことでしょう。どうぞ、大江殿にお伝えください。申し訳なかったと……」

「……伝えましょう」

厳しい表情のまま、鷹柾お兄様が頷《うなず》く。

「しかし……」

「大江殿は瑠璃姫様の腹心の女房。彼女の判断は、誰がなんと言おうと、正しいものでした。ですから、鷹柾殿。よもやこの件で、大江殿が姫の御不興を買ってしまうことがないように、取り計らいくださ い。私の決断が、決して、貴方や大江殿のせいにならぬように」

「……！　では……！」

宮様の言葉に、鷹柾お兄様が息を呑み、肩を弾かせる。

宮様は、そんな鷹柾お兄様を真っ直ぐに見つめ、ゆっくりと……しかしはっきりと頷いた。

美しい切れ長の瞳《ひとみ》が、真摯な……それでいてひどく苦しげで切なげな光に煌《きら》めく。

「私は、二度とここへは来ないでしょう」

「――――っ！」

衝撃が、胸を貫く。

わたしは思わず両手で胸を押さえ、よろめいた。

そん……な……！

宮様が、もうここへ……来られないなんて……！

ぐらりと視界が揺れ、ざあっと全身から血の気が引いてゆく。

もう会えない。そう思っただけで、足元が崩れてゆくようで……。

がくがくと震える手で、柱に縋りつく。

わたしはそのまま、その場にへたり込んだ。

そんなわたしとは対照的に、鷹柾お兄様は、ひどくほっとしたように表情を和《やわ》らげる。

しかしそれも一瞬のことで、再び頰を引き締め、鷹柾お兄様は宮様に頭を下げた。

「……無礼な願いを、お聞き届けいただき、言葉もありません……。なんと言っていいのか。

しかし、感謝します。私は……」

「……いえ、姫のためではありません。感謝《げん》などしてくださいますな」

そんな鷹柾お兄様に、しかし宮様はその言を遮《さえぎ》り、首を振った。

「私のためなのですよ。鷹柾殿。むしろ貴方は、私を決断させてくださった。こちらこそ、感謝します。独りでは、決心できなかったかもしれない。それほどつらく、苦しいことでした」

「……え……？」

なんのことかと目を見開く鷹柾お兄様に、宮様は無言のまま上を仰ぐ。

徐々に明るくなってきた、美しい黎明の空。

ひどく悲しげに、その空を無言で見つめ続けた宮様は、やがてやりきれないといった様子でぎゅっと目を閉じた。

その白い……色を失った横顔が、この上なく痛ましくて……。

その姿は、まるで置いてきぼりにされた子供のように、寂しげで、儚《はかな》げで……。

わたしだけでなく、鷹柾お兄様も、そんな水無瀬宮様に目を見開く。

「……宮……？」

「……鷹柾殿。私は、今上をご尊敬申し上げております。敬愛申し上げております。心より。心の底より。いつまでも、私を『叔父上《おじ》』と呼び、気安く接してくださる。素晴らしい能力をお持ちなだけではない。その御心も大きく、温かく、優しく、御立派であらせられて……。私は昔から今上に驚かされてばかり。でもそれが楽しくて、嬉しくて、たまらないのですよ。私がここに来ることになったきっかけも……今上の悪戯《いたずら》でした。帝らしからぬ……けれどもひどく今上らしい……姫への愛に溢《あふ》れた……。それがまた楽しくて、嬉しくて、私は……」

「……宮……」

「……ですが、鷹柾殿。私は昨夜、その今上を裏切っても良いなどと思ってしまったのです」

「―――っ！」

頭の中が、真っ白に染まる。

驚愕《きょうがく》に思考が途絶え、ものを考えることができなくなってしまう。

え……？　今、なんて……？

今上を、裏切っても……いい……？

「……それは……」

「……もちろん、そんな邪《よこしま》な考えは、すぐに打ち消しました。しかし、一瞬でもそんな思いを抱いたことに、私は動揺しました……。私は……」

そのまま、宮様は黙ってしまわれる。

上を仰ぎ、目を固く閉じたまま、まるで何かに耐えるように奥歯を噛み締めていらっしゃる宮様の姿は、見たこともないほど悲壮で……また美しかった。

自然と、涙が溢れる。

その姿が、胸に痛くて……痛くて……。

それはわたしだけのことではなく、鷹柾お兄様も同じ気持ちなのか、やりきれないといった様子で、視線を逸《そ》らされる。

そして胸の前で左手を強く握り締め、痛ましげに顔を歪められた。

「……貴方も……瑠璃を愛しんでくださっていたのか……」

「…………」

呻《うめ》くように絞り出された言葉に、わたしは絶句し、水無瀬宮様は沈黙なさる。

「…………」

う……そ……。

否定……なさらない……？

この場合の沈黙は、肯定と同じでしょうに……。

しかし宮様は、じっと目を閉じたまま、何も仰らず。それどころか、ぴくりとも動くこともなさらず。ただ、じっと……何かに耐えていらして……。

震える両手で、口元を覆う。

歓喜と哀切《あいせつ》が同時にわたしを襲《おそ》う。

「……っ……！」

己《おの》が内を荒れくるう激しい感情の渦《うず》に、胸が張り裂けそうに痛む。

引き裂かれて……しまいそうだわ……っ！

わたしも……わたしもなのです……！　宮様っ！

わたしも……今上を敬愛申し上げているのです！　心より尊敬申し上げているのです！

よもや、その今上を裏切ることなど……できようはずもありません！　考えることすらできません！

それでも……ああ、どうして……！

水無瀬宮様……！

貴方様を、お慕いしております……っ！

心より。心の底より！

「……姫は……」

ぼろぼろと涙を零しながら、必死に痛みに耐えるわたしに、宮様の低い声が届く。

顔を上げると、宮様は鷹柾お兄様へと視線を戻し、寂しげに微笑《ほほえ》んでおられた。

そう、ひどく寂しげに……。

御使者としてはじめてこちらにいらした時に見せた……あの寂しげで、悲しげな……まるで何かを諦めていらっしゃるような……。しかしその実ひどく穏やかで温かく、お美しい笑み。

わたしを虜《とりこ》にした、あの微笑みを、浮かべていらしたのだった。

「姫は、私にとって……驚きの連続でした。そう……今上と同じく。いつもいつも私は、姫に驚かされました。最初は、使者としてはじめてこちらに伺わせていただいた時です。姫は頭を下げた私に、悲鳴を上げられたのですよ」

「……！」

「悲鳴を……？」

これには、鷹柾お兄様は訝《いぶか》しげに眉をお寄せになる。

「おや、それは大江殿からお聞きではないですか？　ええ。まさしく、悲鳴を、です。頭など下げないでくださいと。人に忘れられた捨て宮が頭を下げたところで、あのように取り乱されることがあるでしょうか。私は、ものの数には入らぬ身ですのに……」

「…………」

「左大臣家の一の姫。しかも夏には入内なさり、女御となられるお方。それなのに、居丈高《いたけだか》なところが全くなく、ひどく真っ直ぐで純で……。初々《ういうい》しい想いを隠すことなく、私へと向けてくださる。ありったけの親しみを込めて、『宮様』と呼んでくださる。御歳《おんとし》以上にしっかりとしておられるように見えたかと思うと、驚くほどの稚《いとけな》さをお見せになることも。常識もしっかりと弁《わきま》えていらっしゃるのに、不意にその枠からひどく外れた行動もなさる。しかしそれは、品のない、人を不快にさせるものではなく、むしろ逆。嬉しくてたまらなくさせてしまうもので、諌《いさ》めることもできない……。そして……昨夜です。鷹柾殿」

ぱちんと扇を閉じ、宮様は再び天を仰ぐ。

そして寂しげに、悲しげに……けれども愛しくてたまらないといったように、少しだけ幸せそうに、目を細められた。

「姫は、嵐が恐ろしくてたまらず、独りで震えながら几帳にしがみついていたそうです。それなのに、妻戸の前に立つ私に、なんと叫んだと思いますか？　『天に弓引く覚悟をなさい』と。自分に狼藉を働くつもりなら、この世の全てを諦めよと……凜と！」

「……！　それは……」

「季節外れの凄まじい嵐。更には、それに便乗して狼藉者が侵入した。自分を害するために。姫の感じた恐怖は想像を絶します。ですが、悲鳴《たぐいまれ》を上げるでもなく、気を失うでもなく、また取り乱すでもなく、姫としての高い矜持と、類稀な勇気をお見せになった。震えながら……。私は妻戸の前で、自分の愚かさを呪いつつ……同時に、守って差し上げたいと思ったのです。強く。強く。この方を、守って差し上げたいと……」

「……宮……」

「忍んできたのが私であると知ると、姫は私の身を案じてくださいました。西の対から来たなら濡れているはず。その状態で厠で宿直をしては身体《からだ》を壊すと……。ですから、私を寝所に招き入れてくださったのです。おそらく、苦渋《くじゅう》の決断だったはずです」

「……！　ああ、そうだったのですか……」

鷹枉お兄様が、ほうと息をつき、頷かれる。

「……ええ。確かに、褒められた行いではありません。常識からは外れております。ですが、姫は私の身体を案じてくださったまで。几帳を挟んでおりましたので、御姿ももちろん拝見しておりません。もちろん、今上を裏切るような行いは、何も。誓いましょう。ですからどうか、姫を叱らないでください。……そうですね。常識から外れた行いでも、やはり私を嬉しくてたまらなくさせてしまった。姫は、本当に……」

そこで宮様は言葉を切り、車宿のほうをちらりと見る。

そして鷹枉お兄様に身体ごと向き直ると、そっとその頭を下げられた。

「お騒がせいたしました。全ては、季節外れの嵐に姫が怯えておられるのではないかという……ただそれだけの考えで、迂闊《うかつ》な行動をした私の責任です。返す返すも悔やまれる。よく考えもせず行動し、結果姫を怯えさせてしまい、更には苦渋の決断もさせてしまいました。そして、大江殿を泣かせ、貴方を動かしてしまった。本当に申し訳なく思います」

「……宮……」

「どうぞ、姫にはお健やかに、と。お幸せにと、お伝えください。笛も、精進なさいませ、と。ですが、もう誰かに習わぬほうが良いでしょう。姫は筋がよろしい。基本はお教えしましたのであとは御自身で、と。それで充分でしょうと。あまり上達しては、今上から、御自身の女御に笛を教える楽しみを奪うことになりかねませんからね」

「……伝えましょう」

「では、車の用意ができたようですので失礼を。本当に、申し訳ありませんでした」

もう一度頭を下げ、宮様がくるりと踵《きびす》を返される。

そしてそのまま、牛車のほうへと歩いていってしまわれる。

その歩みにはもう迷いがなく、むしろ何をも振り払うかのような早足で……。それは二度とここへは来ないという宮様の決意が揺るぎないものであるという証《あかし》のようで……。

苦しくて、苦しくて、たまらなくなる。

身が引き裂かれてしまいそうに、痛くて……つらくて……。

柱に縋《すが》りついたまま、床にへたり込んだまま、声を殺して嗚咽《おえつ》する。

いつまで……そうしていただろう？　宮様を乗せた牛車が、東の門から出てゆくぎしぎしという音が耳に届いてから、更に長い時間が経《た》った頃だったと思う。

それほど長いこと、私はそこに座り込んだまま、泣いていた。

ふと足音が耳を打ち、それが真っ直ぐに私へと向かってきて、目の前でぴたりと止まる。

はっとして顔を上げると、鷹柾お兄様がひどく不機嫌そうに私を見下ろしていらして、私は慌てて袖《そで》で顔を隠して俯《うつむ》いた。

「……この御転婆《おてんば》姫が。なんてことをするんだか。肝《きも》が冷えたぞ」

深い嘆息とともに、鷹柾お兄様が呟かれる。

しかし語気に鋭さはなく、怒っているというよりは呆《あき》れているといった風情だった。

「……申し訳、ございません……」

「……あえて確認する。お前たちの間には、何もなかったんだな？」

「っ……！　何も！」

低い、有無を言わさぬ厳しい声に、しかしわたしはすぐさま顔を上げ、真っ直ぐにお兄様を見つめて、はっきりと頷いた。

「何も。何もございませんでした。誓って、何も！」

「……なら、いい。だが、二度とするんじゃない。いいね？」

「……はい。お騒がせを……」

頭を下げると、鷹臣お兄様が、再び深いため息をつかれる。

「……盗み聞きもだぞ。いつから私の妹姫は、そんなはしたない真似《まね》をするようになった？」

「……！」

びくりと肩を震わせ、改めてお兄様を見上げる。

やはり怒っているというよりは、呆れている……あるいは憐《あわ》れんでいるかのような、複雑な表情に、ずきりと胸が痛む。

「……申し訳、ございません」

「……。だが、聞いていたなら、わかっただろう？　金輪際《こんりんざい》、宮のことは忘れなさい。それがお前のためだ」

「っ……！」

わたしの、ため……？

その信じられない言葉に、呆然《ぼうぜん》として目を見開く。

何が、わたしのためだと言うの……？

恋しい人を忘れることのどこが、わたしのためだと……。

「鷹柾お兄様、それは……」

反射的に口答えしようとしたわたしを、しかしお兄様は目で止め、被せるように言った。

「夏には入内し、今上の女御となる。それが左大臣家の一の姫である、お前の幸せだ。それを忘れるな」

「っ……！　恋しい人を諦め、お家のために入内することが、わたしの幸せなのですか！」

「当たり前だ！　阿呆《あほう》っ！」

かっとして、反射的に叫んだものの……しかしそれ以上の剣幕で怒鳴りつけられ、びくっと身を竦める。

「もう一度言うぞ、瑠璃！　お前は左大臣家の一の姫だ。お前ほど身分が高く、家柄も申し分なく、実家の後ろ盾、勢力も強固な姫など、そうはいない。生まれたその瞬間から、いずれは東宮妃にと……蝶よ花よと大切に、何不自由なく育てられたお前だ。そのお前が華《はな》やかな都を離れ、人から忘れられ、着るものや食べるものに苦心をして暮らせると思っているのかっ！」

「っ……！」

「帝の怒りを買い、父を、兄を、その妻や家族を、妹たちを、一族全員不幸にした上で、宮とともに人々から忘れられて暮らすことが、お前の幸せか？　いいや、違う！　断じて、だ。それを、宮はわかっておられるからこそ、決断なされたのだと、何故わからぬっ！　瑠璃っ！

覚えておけっ！　想いだけではどうにもならぬことが、この世にはあるのだとっ！」

「……………」

　ぐっと、奥歯を噛み締めて、押し黙る。

　反論など……できようはずもない……。

　だって……鷹柾お兄様の言うとおり、わたしは、この生活以外を知らないのだ……。

　そして、全てはもう取り返しのつかないところまで進んでいるのも……また事実。わたしの入内は、今更動かしようのないことなのだ……。

「…………」

「それと、間違えるなよ。瑠璃。お前は家のために入内するのではない。お前の入内が、家のためになるだけだ。父も私も、お前を人身御供《ひとみごくう》にするつもりはない」

「……！　あ……」

　慌てて顔を上げると、鷹柾お兄様は苦渋に満ちた表情でわたしを見下ろしておられて……。

　ああ……。わたしは、なんてことを……。

　自分の言葉がお兄様をひどく傷つけてしまったことを知り、わたしは両手で顔を覆った。

「申し訳ありません……。わたしは……」

「……宮の想いを無駄にしてくれるな。瑠璃。宮が決断なさったのは、間違いなくお前のためだ。ご本人はお認めにならなかったがな。自分と結ばれるより、今上のもとに入内することが、お前の幸せだと、宮はわかっておられた」

「……わたしは……」

「見ていたろう。聞いていたろう。どれほどの思いで、宮が決断なされたか。全ては、お前のためだ。それを無駄にするんじゃない。瑠璃、幸せになりたいだろう?」

「……ええ」

苦渋の滲《にじ》む、けれど穏やかになった声に、こくこくと何度も頷く。

「ええ。ええ。もちろん。不幸になることを望んだりはいたしません」

「では、忘れることだ。今はつらくとも……。お前の幸せは水無瀬野にはない。お前を幸せにできるのも、水無瀬宮殿ではない。今上であらせられる」

「…………」

残酷《ざんこく》な言葉に……しかしそれは紛れもない現実でもあって……ぶるぶると全身が震える。

想いだけではどうにもならない。

確かに、そのとおりだと思う。

現に、わたしはどれだけ宮様をお慕いしていても……今上を裏切ることは考えられない。

今上の怒りを買い、周りの皆全員を不幸に叩き落とし、かつ一生後ろ指を差されて生きる、そんな覚悟など、できようはずもない。

覚悟ができないから、宮様のもとへ走るどころかお兄様の言葉に反論することすらできない。

わたしはただ、宮様をお慕いしているだけなのだ……。

我儘な子供のように、あれが欲しい、これも欲しい、と……そうねだって、周りを困らせているようなもの。

その……なんて浅ましい、愚かなことか……。

「さぁ、わかったら、戻って大江を安心させてやりなさい。あまり大江に苦労をかけるなよ。大江と過ごせる時間も、あとわずかだ。大江が安心してお前を送り出せるよう、お前はもっと大人になるべきだ。いや、ならなくてはならない」

「っ……？」

え……っ？

自分の未熟さに恥じ入りつつも、しかし明確に宮様を忘れると返事をすることも、またできずに押し黙っていた時、鷹柾お兄様がいつまでも返事をしないわたしに焦《じ》れたように、思いもかけない言葉を口になさる。

わたしは驚き、そしてその言葉の示すものがわからず、ぽかんとしてお兄様を凝視した。

え……？

何を……仰っているの……？

大江と過ごせる時間も……あとわずか……？

どうして？　大江はずっと、わたしの傍にいるでしょう？

「お兄様……？　一体何を仰っているのです……？」

「そのままだ。お前が大江と過ごせる時間は、あとわずかだ」

「何故です！　大江は、わたしの一の女房。ずっとわたしの傍にいるはずでは……」

「いや、大江はお前の入内にはついていかない。お前とともに後宮入りはしないんだ。お前が入内したあとは、勤めをやめて里に下がる」

「っ……？　嘘です！」

そんな話、大江から聞いていないわ！

思わず叫ぶも、鷹柾お兄様は固い表情のまま、「いいや」と言葉を続けられた。

「事実だ。父上の御命令で、大江もすでに承諾している」

お父様《もう》が？

「どうして！」

「頼りになる大江がいては、お前が成長しないからだ」

「ええ？」

わたしが、成長しないから……？

「一体、それはどういうことです!?」

「大江が傍にいては、お前はいつまでたっても甘えてしまう。お前がこれから心を砕くべきは今上であらせられる。お前は今上の支えにならなくてはならない。そのためには、いつまでもお前に子供でいてもらっては困るのだ」

「そんな……！　大江が傍にいては、わたしが自立しないと？」

「そうだ。事実、こんな常識外れの真似をしでかし、騒ぎを起こしているじゃないか」

ぐさりと痛いところを突かれて、言葉に詰まる。

ぐっと奥歯を噛み締めて押し黙ると、そんなわたしを一瞥してお兄様は肩を竦められた。

「……お前のせいだけではないよ。瑠璃。大江は有能だ。有能過ぎるほどだ。お前が寒いなと思った時にはもう、火桶の準備を整えているような……。お前が喉が渇いたなと思った時にはもう、目の前に水を差しだしているような……。大江はそんな人間だ。だから、お前が命じるよりも早く、お前の望みを知り、叶えてしまう。お前の憂《うれ》いを知り、払ってしまう。二手三手先を読み、行動してしまう。だから、駄目《だめ》なんだよ。そんな有能な人間を、頼るなというのは無理な話だ。そんな人間に、甘えるなというのもだ」

「……それは……」

「はっきり言おうか。瑠璃。有能過ぎるがゆえに、これ以上お前の傍に大江を置いておくわけにはいかないんだ。お前に、立派な女御になってもらうために。そして、今上の心身を支えてもらうためにだ。大江はもう、お前のためにはならない。それが父上の判断だ。そして、大江自身が、それを承諾した。それがどういうことかわかるか？　あの有能な大江もまた、自分がお前のためにならないと判断したということだ」

「っ……！」

それも、わたしのためだと……？

宮様が、もうここへは来ないと決断なされたのも……。

大江が、入内についていくなというお父様の命令を受け入れたのも……。

全てが、わたしのためだと……？

では、涙が止まらないのは何故ですか？

胸が、張り裂けそうに痛むのは何故ですか？

つらくて、悲しくて、苦しくてたまらないのは何故ですか？

それは本当に、瑠璃のためなのですか？

瑠璃のあずかり知らぬところで、全てが決まっていくことが？

ぼろぼろと涙が零れ落ち、身がぶるぶると震え、堪《こら》え切れぬ嗚咽《おえつ》が喉を突く。

そのまま床に突っ伏して泣きだしたわたしに、鷹柾お兄様がぽつりと、苦しげに呟かれる。

「大人になれ。そして、幸せになれ。瑠璃」と——。

わたしは激しく頭《かぶり》を振り、ついに声を上げて泣き出してしまった。

「あああ……っ！　あ、あ……っ！」

「…………」

鷹柾お兄様が、静かに去ってゆく。

その足音を聞きながら、わたしはわぁわぁと泣き続けた。

幸せとは、なんですか？

周りが敷いた、安全な美しい道をただ歩くことをいうのですか？

大人になるとは、どういうことですか？

その『幸せ』に不満を抱かず、反抗せず、従うことをいうのですか？

だとしたら、それはなんと虚《むな》しいものなのでしょう。

「……いりま、せん……っ！　おに、い……様……！」

そんな『幸せ』は、いりません。

そんな『大人』にも、なりたくありません。

『わたしのため』——それはなんと残酷な言葉なのか。そして便利な……。

「ふ、う、う……っ！　あ、ああ……っ！」

わたしのこの涙が、この思いが、子供の駄々というのであれば、それでもいい。

どれだけ浅ましくとも、はしたなくとも、いい。

愛する者を、顔色一つ変えずに諦められる『大人』になど、わたしはなりたくない。

「……宮、様……っ！」

縋るように、呼ぶ。

「……大江……っ！」

詰《なじ》るように、叫ぶ。

必死に。ただ、一心不乱に。

応《こた》える声などないと、わかっていても。

繋《つな》ぎ止めることなどできないと、わかっていても。

もう決まったことなのだと……諦めるしかないのだと……わかっていても。

「ああ、あああああっ！」

泣く。啼《な》く。

ひたすらに。憚《はばか》りもなく。

その涙が、別れには必要なのだと……わかっていたから――。

五章　色薫る桜の下で美しき誓いを一つ

ざわりと、木々が風に枝を揺らす音がする。

わたくしはふと顔を上げて耳を澄ますと、かたんと筆を置いた。

それまで綴《つづ》っていたものを読み直して確認。そしてもう一度、耳を澄ます。

「…………」

遠くのほうで、華《はな》やかな宴《うたげ》のざわめきが聞こえる。

父様が催《もよお》された、管弦の宴のもの。

庭の池に船を浮かべ、楽を奏《かな》で、酒を酌《く》み交わし、春の初々《ういうい》しい朧月《おぼろづき》を楽しむ。

左大臣の父様が催す管弦の宴はそれはそれは盛大で、たくさんの公達《きんだち》が、夜空を映したゆったりとした水面《みなも》に揺れる月に、流れる楽に、楽しい話に、美味なる肴《さかな》や酒に、そしてその全てが作り上げる雅《みやび》な風情に、酔いしれていることでしょう。

大江《おおえ》も近江《おうみ》も、右近《うこん》も少納言《しょうなごん》も、わたくしの女房《にょうぼう》たちは皆、宴の手伝いに駆り出されていて、庭の喧騒《けんそう》とは裏腹に、わたくしの部屋はひっそりと静まり返っている。

わたくしは墨《すみ》の乾きを確かめて、その御文をきちんと折り畳《たた》んだ。

あの嵐の夜より、ひと月と少しが過ぎ、すでに季節は卯月《うづき》。

弥生《やよい》に入って、御代交代のあれこれも、様々な新年の宮中行事も、一旦《いったん》は落ち着いたからでしょう。今上《きんじょう》は、東宮《とうぐう》であらせられた頃のように……。いえ、その頃よりも更にまめまめしく御文をくださるようになっていて……。

わたくしはというと、相も変わらず、そんな今上の御為《おんため》、お歌やお琴、龍笛《りゅうてき》、お裁縫《さいほう》、香の調合などの腕を磨き、様々なお作法や言葉遣いなども身につけたり、直したり。更には宮中の決まり事などのお勉強も。やらねばならぬことがたくさんあって、とても忙しい日々を送っておりました。ああ、そうだわ。自分のことは「わたくし」とお呼びなさいませと、大江に耳にたこができるほど注意されて、ようやくこの頃、それに慣れてきたのですよ。

苦手だった政治のことも、少しは解っていなくてはいけない。もちろん、宮中の人間関係のことなども。人間関係というより、力関係、勢力図といったほうがいいでしょうか。

そのため、鷹柾《たかまさ》兄様の御正室、敦姫《あつひめ》様の弟君……現在近衛中将《このえのちゅうじょう》であられる朝家《あさいえ》様に、義姉《あね》姫様を通じて、時折こちらを訪ねていただくようお願い申し上げました。そして、朝家様より、宮中のいろいろなお話を伺うようになりました。

それからのひと月は、わたくしを大きく変えたように思います。

父様が、兄様たちが、決してわたくしの耳に入れないことも、わたくしはたくさん知りました。同時に、わたくしがどれだけ物を知らなかったかも、知りました。

そうして、今までになかった知識をたくさん得ることができたからでしょうか？　自然と視野が広がり、そして物事の裏を知ることができるようになったように思います。巧妙に、胸の内に隠された思惑なども……少しは読めるようになったと思います。

それでわたくしは、どれほどそれまでの自分が、真綿にくるまれるように守られてきたかを知りました。

それは確かに、父様、兄様方の愛情であったのでしょう。

けれど……何も知らなかったわたくしは、なんと愚《おろ》かだったのだろうとも思います。滑稽《こっけい》に思うとまではいかないけれど、でも何も知らずにそれを享受《きょうじゅ》してきた昔のわたくしを、今は、少し恥ずかしく思うようになりました。

例えば、当時東宮候補であられた今上が、わたくしを求めた経緯についてもそうです。

朝家様は言い難《にく》そうにしながらも、わたくしの求めに応じて……今上はどうしてわたくしに御文をくださるようになったのかを……その経緯を教えてくださいました。

「先帝が践祚《せんそ》なされた折、東宮候補となられた皇子《みこ》様はお二人おられました。内大臣家の姫を妃《きさき》に持つ、当時御歳《おんとし》二十三歳であらせられた皇子様、成平《なりひら》親王様と、右大臣家の姫を妃に持つ、当時御歳二十二歳であらせられた皇子様、成明《なりあき》親王様でございます。当然、どちらの皇子様が東宮位におつきになるかで、内大臣家や右大臣家の今後は、大きく変わります。そのために、自然と内大臣家と右大臣家は対立構造を深めました」

朝家様はそう仰《おっしゃ》ると、「あまり姫のお耳にお入れしたくない……どろどろした話ではあるのですが」と苦笑なされた。

「もちろん内大臣家と右大臣家だけではなく、両家のどちらかと懇意《こんい》な貴族たちも、その東宮位争いに参加します。理由は同じ。自分が懇意にしている家の姫を娶《めと》っている皇子様が東宮位につかなかったら、自らの出世、あるいは息子たちの出世、更には家の繁栄《はんえい》へと、大きく影響してしまうからです。しかし、瑠璃《るり》姫様のお父様、左大臣は藤原義忠《ふじわらのよしただ》殿は、どちらの家ともとくに懇意にしておられなかったのです。ですが姫様。ここで勘違いしてはいけないのは、義忠殿は権力争いからあぶれていたわけではないのです。義忠殿は、じっと待っておられた」

「待って……？　何をです？」

眉《まゆ》をひそめて問うと、朝家様は「……そうですね。順を追ってお話ししましょうか」と言ってぱちんと扇を鳴らされた。

「成平様と成明様。お二人がお生まれになった際、義忠殿に姫はいらっしゃいませんでした。現在御歳十五の姫様が、左大臣家の一の姫なのですから、当然です。そのまま一年経《た》ち、二年経ち、三年経ち……しかしやはり義忠殿に姫がお生まれになることはなく、その間に、両皇子様とも、内々にご婚約を決められてしまわれた。東宮争いとはね、姫様？　皇子がお生まれになった瞬間より始まるのです。貴族たちの権力争いもまた同じ。皇子の後見人となれば、またはその後見人と懇意であれば、その皇子が東宮となられた時、一気に出世できるからです」

「だから、お生まれになった皇子様と関わりを作るべく、皇子様がお生まれになった瞬間よりあれこれ手を尽くされると……そういうことですか？」

「ええ。そうです。女御《にょうご》とて、そうです。自分のお産み申し上げた皇子に、やはり位を極めていただきたいと思うもの。ですから、皇子に財力も権力もある強固な後ろ盾をつけたいと願います。そのため、男皇子を産んだその瞬間から、財力も権力もある身分確かな家の姫をお妃にするべく、手を打つものなのです」

「そう、なのですか……」

「貴族たちにとってはこれは大きな賭《か》けです。自分が後見申し上げている皇子様が東宮となり、帝《みかど》になられたなら、自分は、自分の家は、家族は、しばらくは安泰《あんたい》です。しかし、そうならなかったら？　他の皇子様が東宮となり、帝となってしまわれたら、もう出世など、望むべくもありません。自分は、自分の家は、家族は、冷遇されてしまうことになるのです」

「それでは……お父様は、その争いに、乗り遅れたということですか？」

おずおずとそう尋《たず》ねると、朝家様ははっきりと頷《うなず》かれた。

「ええ。義忠殿は、次世代の権力抗争に、一旦大きく遅れを取ったのです。ですから、一旦はどちらとも懇意にならないことで、後々の自身の行動に極力足枷《あしかせ》をつけないようになされた。つまり言い換えれば、後々どちらにもつけるようになされたということです」

「……！」

どちらにも、つけるように……？

「では……」

「そう。義忠殿は、じっと待っておられた。時期を見つめておられたのです。好機を窺《うかが》っておられたと言っても良いでしょう。そして時は流れて……先帝が践祚なされた折、ついに表面化した東宮争い。お二人の皇子様がお生まれになった頃には姫がおらず、遅れをとっていた義忠殿は、その分冷静に戦局を見ていらした。両皇子様はともに御健康であられ、聡明《そうめい》であられ、東宮としての素質は申し分なく、御生母様の身分もおおよそ同等。その御実家の勢力もとても強いものでした。まさに、拮抗《きっこう》していらっしゃった。ただ若干《じゃっかん》……現在の政局的に、内大臣家よりも右大臣家のほうが少しだけ力が強かったものの、しかしだからといって、それは成明様を東宮に指名するほどの決定打とはならず。小さな一要因で、天秤はどちらにも傾く。その緊張状態の中……」

「……！　まさか……」

はっと息を呑《の》むと、朝家様が苦い顔で頷かれた。

「……現在の政局では、若干成平親王様に分《ぶ》が悪い。そのため、親王様や御生母様の近親者の勧めもあり、成平親王様……ならびにその御生母様や後見人、そして成平親王様に妃を出している内大臣家は、左大臣家を抱き込もうとしたのです。未だどっちつかずの左大臣家が……左大臣家ほどの大きな力が味方につけば、間違いなくそれが決定打となるからです」

「天秤が、傾く……」

「……ええ。そうです」

今はどちらにも与《くみ》していない左大臣を、どうしても自分の味方につけたい。

そう思っていた時に、瑠璃の裳着《もぎ》――成人の儀式が、いとも華やかに行われた。

成平親王様、御生母様……内大臣家側の方々は、いち早くそれに飛びついた……。

そういう……こと……。

「…………」

ずきんと胸が痛んで、思わず黙りこむと、それに気づいた朝家様が、少し慌《あわ》てたように身を乗り出して口を開かれた。

「も、もちろん、そんな政治的な思惑だけで、姫様を望まれたわけではないですよ？　今上は姫様を心から大事に思っていらっしゃるでしょうし、姫様の噂《うわさ》は宴などの席でも、よく耳にしましたからね。私も、たくさんの公達に尋ねられましたよ。ひどく可憐《かれん》だという、左大臣家の一の姫のことを教えてくれないかと……。ですから今上も、恋心あって、姫様に御文を送ったのです。それは、間違いないことです。私が今お話したのは、あくまでも、そういった政治的な一面もあるということに過ぎません。ですから、その……」

「……はい。わかっておりますわ。朝家様。わたし……わたくしは、傷ついたりしてはおりません。ただ、何も知らなかったものですから……」

「そ、そうですか。まぁ、あまり聞いて気持ちのいいことではありませんから、姫様のお耳に入れることは憚《はばか》られたのでしょうね」

ほっとしたように朝家様が息をつき、そう言って苦笑なさった。

「ただ、流石《さすが》だなぁと思うのです。内大臣家も右大臣家も大きな賭けをしました。しかし義忠殿は、冷静に待ちの姿勢でその時を迎えたがゆえ、賭けをする必要がなかったのです。自分がどちらの皇子様の味方につくかが決定打となる。ということは、義忠殿は負けることがないのです。自分が味方についた皇子様が勝つのですから、義忠殿もまた必ず勝つのです。もちろんご自身のためもあるのでしょうが、鷹柾殿や美峰《よしみね》殿をはじめとする御子様たちのために、確実な道を選ばれた。焦らず、じっと我慢して、最善を選び取られた。素晴らしいことだと思います。素直に尊敬申し上げる……」

「……尊敬……」

「ええ。出世が全てとは、申しません。しかし、家を、家族を守る者として、自身の出世が、子供たちの生きる道に大きく影響することは、純然たる事実なのです。自身のお立場が息子たちの出世にも響きます。娘たちの嫁ぎ先にも響きます。何故《なぜ》なら、当世では、妻の実家が婿《むこ》を支えるものです。そのため、将来を有望視されている公達ほど、実家の権力や財力が申し分ない姫を妻に選ぶもの。娘たちに幸せな結婚をと望むのであれば、自身の出世は必要不可欠ですからね。ですから、私は家族のために尽力し、勝利した義忠殿を尊敬申し上げております」

その時の朝家様の笑顔を思い出して、じくりと胸が痛む。

自分も、妻や家族をちゃんと守れる男でありたいと、父様のようになりたいと、朝家様は熱心に仰っていた。

それを非難するつもりはありません。むしろ、とても素晴らしいことだと思います。

朝家様ならば、そうなれるとも信じています。だって、朝家様はとても誠実で、お優しい方なのだもの。

言葉を濁《にご》しながらも、言い難そうにしながらも、誰もわたくしに教えてくれなかった、この入内《じゅだい》の政治的な思惑部分を全て、わたくしのために隠すことなく話してくださったのだもの。だけど……。

「…………」

わたくしは、一つ息をついて立ち上がり、廂《ひさし》へ出て、御簾《みす》越しに朧月を見上げた。

朝家様の仰ることはわかるわ。それは確かに、尊敬に値《あたい》することでもあるのだと思う。

でも、わたくしにとって重要なのは、そこではなくて……。

「…………」

上を仰いだまま、そっと目を閉じる。そして小さく唇《くちびる》を噛《か》み締めた。

わたくしにとって重要なのは、わたくしが、成明親王様の女御になる可能性もあったということ……。

それがとても、心に痛かったのです……。

父様はどちらでも良かったのだわ。

たまたま、先に動いたのが成平親王様側だっただけ。動いたのが成明親王様だったとしても同じこと。この状態で、父様が味方した親王様が東宮位におつきになるのは間違いない。先に成明親王様が動いていたら、わたくしが入内するのは、成明親王様のもとだったでしょう。

重要なのは、親王様に御生母様、妃の御実家、後見人……全てに、是非《ぜひ》と望ませること。

そうすれば父様は、一気に遅れを取り戻すことができるから……。いえ、先んじることすらできるのだもの。

皆に是非と望まれて入内するのだから、当然、親王様も御生母様も、内大臣家の女御様も、内大臣家の誰も彼もが、左大臣を無視できない。瑠璃を下に置くことができない。

極端なことを言えば、例えば、わたくしも内大臣家の女御様も、どちらも皇子をお産み申し上げた場合、次の東宮に立たれるのは、おそらくわたくしのお産み申し上げた皇子でしょう。

絶対とは申しませんが、でも朝家様から教えていただいた話から推察するに、その可能性はとても高いと思います。

何故なら、今上が今上となることができた一番の功労者は、左大臣と瑠璃だから。

左大臣が首を縦《たて》に振らなければ、瑠璃が入内しなければ、今の今上はおられないのだから。

「…………」

今上の御心を疑っているわけではありません。

今上は確かに、わたくしを大切に想ってくださっているのでしょう。

しかし間違いなく、あの時、東宮位争いが拮抗《きっこう》していなければ、また瑠璃が左大臣家の一の姫でなければ、今上はわたくしを望んだりはなさらなかったはず。

わたくしを望んだ背景には、東宮位争いに一気に決着をつけるという政治的な思惑があったことは、紛《まぎ》れもない事実なのです。

そして父様も。

わたくしの幸せを願ってくださる気持ちを、疑うことはいたしません。

父様は確かに、わたくしの幸せを願ってくださっているのでしょう。

しかし間違いなく、あの時、先に瑠璃を望んだのが成明親王様だったなら、わたくしは成明親王様のところへ入内することになっていたでしょう。

御自身のため、息子たち、娘たちのため、ひいては一族のため、瑠璃の裳着、瑠璃の入内を餌《えさ》にしたことは、紛れもない事実なのです。

ともすれば、色が変わっていた。相手が違っていた。そんな……わたくしの入内。

それは、とても胸に痛かった。

婚姻という、人生を左右する大きなことが、本人の……わたくしの心とは関係ないところで決まるのだと、まざまざと思い知らされたようで……。

宮様のこと、大江のことだけじゃない。

全てが、そうなのだと……。

「………」

風の中に、かすかに花が香る。

そんな雅やかな春の空気に、しかし胸はときめくことはなくて……。

……本当に、わたくしは、何も知りませんでした。

東宮候補に御名が挙がった方から、求められる誉《ほま》れ。そしてその方が、見事東宮になられたことを喜び、それを勝ち取られた成平様を心から尊敬申し上げた。そんなわたくしの、なんて愚かだったことか……。滑稽だったことか……。それは成平様の功ではなかったのです。

見事東宮になられたのも、当たり前。東宮になるために、わたくしを望んだのですもの。

わたくしを手に入れたら、東宮になることはもう、決まっていたのですもの。

わたくしは、何も知らなかったのです。

何も知らず、胸をときめかせていた。

その誉れを、喜びを噛み締めていた。

そしてわたくしは、それを恋だと、勘違いしていた……。

「……そろそろ、だわ……」

ゆっくりと目を開き、初々《ういうい》しく滲《にじ》んだ月を見て、ぽつりと呟《つぶや》く。

——今日、はじめて水無瀬宮《みなせのみや》様に御文を差し上げました。はじめて……そしておそらくは、最後の……。たった一度の、御文。

今夜、瑠璃の部屋の前の庭に来て欲しいと。宴の日ならば、庭に人影があっても、言い訳は立ちますでしょう。瑠璃を想っていてくださるのであれば、是非と。

それは裏を返せば、瑠璃のことをなんとも思っていないのであれば、来ないで欲しいという意味でもあります。

今更、入内は揺るぎません。それがなくなることはあり得ません。

政治的な側面や人々の思惑を知れば知るほど、それは確固たるものなのだと……動かし難いものなのだと……ちゃんと理解はしているのです。

あの日――宮様も仰っていました。今上をご尊敬申し上げております。敬愛申し上げております。と……。

それは、わたくしも同じ気持ちです。あの時から……わたくしの入内の裏にある、政治的な意味を知ってからも、全く変わっていません。

よもや、その今上を裏切ることなど……できようはずもありません。考えることすらできません。その気持ちも、最後に宮様の姿を目にしたあの時より、変わっていません。

それでも……ああ、どうして……！

わたくしは忘れられないのです……！　諦《あきら》め切れないのです……！

朝家様よりお話を伺い、どれだけ自分の現状を、立場を理解しようとも……父様の、兄様の想いを感じようとも……駄目《だめ》なのです。愛情溢《あふ》れる御文によって、どれだけ今上の御心に触れようとも……駄目なのです。宮様が、心から離れない……。

今も、月に、花に、想いを馳《は》せるのは……水無瀬宮様だけ……。

ですから……一言。たった一言でいい。「お慕いしております」という……ただそれだけ。

それを、水無瀬宮様にお伝えしたい。お伝えして、区切りをつけたい。自分の気持ちに。

わたくしはあの日、盗み聞きという形で宮様のお気持ちを知っただけ。わたくしは、何一つ伝えていないのです。

わたくしの気持ちに気づいた大江から報告を受けた兄様が、間接的に伝えただけ。

それでは、前に進めない。まして吹っ切ることなど、できようはずもありません。

だから……お伝えしたい。ただ一言でいいのです。

お互いの気持ちを確かめ合えれば、それを糧《かて》に生きてゆける……。そう思うから。

今上のもとで、御役目を果たすことができると思うのです。

そのための勇気が、欲しい。

そしてこの気持ちに、決着をつけたい。

だから一言……。

『お慕いしております』と――。

「……！」

さくさくと早足で砂を踏み締める音がする。

はっと息を呑み外へと視線を巡らせると、御簾《みす》の向こう……庭に膝《ひざ》をつく男がいた。

「……姫様」

「……何処《どこ》に？」

頭を下げた雑色《ぞうしき》に、短く問う。

彼はぱっと顔を上げると、低く「東の門より北。桜の中に」と言う。

どきんと、心臓が跳ねて、大きな音を立てる。

しかしわたくしは、努めて平静を装い、扇《おうぎ》で口元を隠した。

「……そう。御苦労でした。車宿《くるまやどり》で控えていてくれるかしら。すぐにお帰りになられるわ。さほど、長い時ではないと思うの。宮が現れたら、すぐにお送りして。……密《ひそ》やかに」

「……承知いたしました」

彼は頭を下げ、素早く立ち上がると、闇《やみ》の中へと消えてゆく。

それを見送り、わたくしは一つ深呼吸をすると、簀子《すのこ》へ出る。

そしてもう一度大きく深呼吸をすると、意を決して階《きざはし》に足をかけた。

当節の姫が庭に降りることなど滅多にありません。それはひどくはしたないこと。下々《しもじも》のすることなのです。

そもそも用もなく簀子に出ることすら、常識外れと言われても仕方ないようなことで……。当然わたくしも、ほとんど庭に下りたことはありません。そうですね。うんと小さな頃に、数えるほどだけで……。

けれど、仕方がありません。室内まで忍んできていただくわけには、いかないのですから。それはひどく目立ってしまいます。誰かに見咎《みとが》められたらと思うだけで……恐ろしい。

現に以前、あの大嵐の中ですら、大江に見られてしまっていたのだから。

家の者ならまだいいのです。口止めも効きます。家の者も、今上からお咎めを受けることがわかっているのですから、すすんでそれを口にしたりはしないでしょう。けれど今日はたくさんの公達がいらっしゃっているのです。その中の誰かに見咎められたら！　申し開きなどできようはずもありません。

でも、この宴の時を逃すわけにはいかなかったのです。

わたくしの周りに人がいない時は、邸《やしき》の中が人少なになる時は、他にはないから。

そして宮様が移動なさるにも、宴の喧噪《けんそう》に紛れることができる。牛車《ぎっしゃ》も、宴の客人のそれがたくさんあるせいで目立たない。

こんな好機は、二度とないはず。これを逃すわけにはいかなかったのです！

「……っ……」

庭に降り、早足で闇に紛れる。

東の対《たい》の東側にある、春の庭。

様々な樹が植えられ、小川なども流れていて、かなり広い。当然春はとても美しい。

その中心に、見事な桜の大樹がある。樹齢は六十年にもなり、広がった枝の端から端までは十二歩ほど（約二十メートル）もある、見事な枝垂《しだ》れ桜……。

その枝の中に、今、水無瀬宮様がいらっしゃる……！

「……っ……！　来て、くださった……！」

それだけで胸が熱くなる。

夜の闇に身を隠しつつ、そちらへ急ぐ。

遠くで聞こえる、夜を徹した、華やかな宴のざわめき。

時はそろそろ子《ね》の刻《こく》（午前０時頃）になろうかという頃。宴もたけなわ。皆様のお酒も進んでいることだろう。

だからどうか……。誰も気づかないで……。

春には一際美しくなる大好きな庭は、今は深い深い闇に閉ざされている。しかしその中で、桜の大樹だけが、枝につられた吊り灯籠《とうろう》のほのかな灯《あか》りに、ぼんやりと浮かび上がっている。それは時折、風にざわりと枝を揺らし、深い深い闇にパッと薄紅《うすべに》色の花弁を散らす。

ひらり、ひらり。くるり、くるり、と……。

それはそれは、可憐に。優雅に。秀麗《しゅうれい》に——。

しかし、その目映《まばゆ》いばかりに美しい光景も、今は露《つゆ》ほどもわたくしの心を動かしはしない。そう。微塵《みじん》も。

ただ、求めるのはあの方のみ……。

桜の中にいるはずの、宮様のことだけしか、考えられない。

「っ……！」

闇と薄紅の幕の向こうに、淡い紫苑《しおん》の狩衣《かりぎぬ》を着た殿方の姿を見つける。

惜しげもなく舞い散る花弁の雨に身を任せてじっと佇《たたず》み、見事な桜を見上げている。

狩衣姿を見るのははじめてだわ……。

そんな小さなことに、心臓が跳ね上がる。

夢のように美しい桜は、全く目に入らないのに。

どくどくと早鐘《はやがね》を打ち出した心臓に追い立てられるように、枝をかき分け、草を踏み締め、駆け寄る。

その物音に、宮様がびくりと身を震わせ、素早くこちらを振り返る。

瞬間、鮮やかな驚愕《きょうがく》に、麗《うるわ》しい双眸《そうぼう》を大きく見開いた。

「っ……！　姫っ……？」

普段は穏やかで雅やかな声も、上《うわ》ずっている。

おそらく、わたくし自身が庭に来るとは思っていなかったのだと思うわ。

女房か何かが現れて、わたくしのもとまで忍ぶ手引きをするのだと……宮様はそう思っていらしたに違いないわ。

灯籠のほのかな灯りに照らされた宮様のお顔は、まさかという思いに引き攣《つ》っていた。

しかし次の瞬間、溢れんばかりの想いに、更にはっきりと歪んだ。

――そう。ひどく愛《いと》しげに。そして切なげに。

それだけで、胸がいっぱいになる。苦しいほどに。

自然と涙が溢れ、頬《ほお》を零《こぼ》れ落ちる。

ああ……っ！　やはり、愛しい。愛しくて……愛しくて……おかしくなってしまいそうだわ……っ！

「っ……！　瑠璃姫様……」

「水無瀬宮様……っ！」

着ている衣や纏《まと》っている香りでわたくしだと解っても、確信が持てないのでしょうか。それとも、信じられないのでしょうか。よもや庭に、姫であるわたくしが現れるなどと……。水無瀬宮様は、息を呑み、探るような低い声でわたくしを呼ばう。

それに逸《はや》る心を抑《おさ》えつつ、宮様を呼ぶことで答えると、ようやくその声でわたくしが瑠璃姫本人であることを認められたのか、宮様が息を呑み、こちらへ手を伸ばす。

再び、重なった手。

その次の瞬間、宮様は少し乱暴に、わたくしの身体《からだ》を抱き寄せた。

宮様の薫香《くんこう》が、ふうわりと優しくわたくしの身を包む。

それとは対照的に、宮様の両腕はとても力強く、折れてしまいそうなほどに強く、きつく、抱き締めてくださる。

それが、涙が止まらぬほどに嬉《うれ》しい。

そして、このまま死んでしまいたいほどに、愛おしい……。

「これで、最後の逢瀬《おうせ》となりますね……」

「いや。わたくしはいや。入内などいやです。帝の妃《きさき》になどなりたくない」

宮様のひそやかなお声に、思わず紫苑の狩衣にしがみつき、叫んでしまう。

そんなことを言いたかったのではないのに。

入内はもう動かしようもないこと。今更どうにもならぬこと。それは重々承知しています。

なにより、わたくし自身、そして宮様も、今上を裏切ることなど考えられません。今上を、尊敬申し上げているからです。敬愛申し上げているからです。心から……。

入内はしなくてはならない。でも、宮様をお慕いしている……。

今上を裏切ることなどできない。でも、宮様への想いを捨てられない……。

相反する二つの想いに……現実と理性、それとは裏腹な情熱に……わたくしは苦しんで……苦しんで……。

だからこそ、御文を差し上げたのです。たった一度だけ、気持ちをお伝えしたくて……。

この想いを聞いていただきたかった。受け止めていただきたかった。

わたくしも、水無瀬宮様をお慕いしているのだと……宮様に知っていただきたかった。

ただそれだけだったのに……。

それで、満足するつもりだったのに……。

しかしわたくしは、気がつくと叫んでいました。いやだと。入内などしたくないと。

駄々っ子のようにそう叫ぶわたくしに、宮様が首を横に振り、わたくしを抱く手に更に力を込められる。まるで、あやすように。

「……姫。畏《おそ》れ多くも今上帝にあらせられては……」

「いや。いや。いやです。畏れ多くも帝が是非にと望んでくださったと、父様から聞きました。誉れ高いことだと。でも違う。違う。今上がわたくしを望んだのは、わたくしが左大臣家の姫だからです。違いますか?」

わたくしの言葉に、宮様が沈黙する。

当時、東宮候補であらせられた今上が、東宮として立つために、わたくしを望んだのです。

わたくしが、左大臣家の一の姫だからこそ。

左大臣家の後ろ盾が欲しかったからこそ。

わたくしが、左大臣家の一の姫でなかったら、今上はわたくしを望まなかった。

それが、事実。現実のはずです!

「………」

そんなわたくしの言葉に宮様はそっと息をつくと、腕の中で震え、泣きじゃくるわたくしの髪を、あやすように優しく撫《な》でた。

「今上は、姫のことをとても大切に想っておられますよ」

「ええ。ええ。わかっております。ですが政治的な思惑が背景にあるのも、また事実でございましょう？　いいえ。父様や兄様が喜ぶのだってそうです。全て、その背景があればこそ」

「姫……」

「今上は素晴らしいお方ですわ。わたくしなどにはもったいないぐらい……。わかってはいるのです。それでもいや。いやなのです。わたくしは……わたくしは……お慕い申し上げております。水無瀬宮様……」

宮様はこれにはお答えにならず、ただわたくしを抱く腕に力を込められた。

……宮様を困らせたいわけではありません。

こんなことを言いたいわけでもありません。

違う。今更、どうにも動かぬことを否定したところで、それが何を生むというのでしょう。わかっているのに……なのに何故……こんなことを言ってしまうのでしょうか。宮様を困らせるために、来ていただいたわけではないのに……！

ああ、だけど……そう……。時が止まればいいのにと思う。このまま時が止まってしまえばいいのに。

ようやく、宮様にわたくしを見ていただけたわ。

ようやく、なんの隔《へだ》たりもなく触れ合うことができたわ。

そしてようやく、自分の気持ちをお伝えすることができたのよ。

それだけで、充分。充分のはずよ。

だって、わたくしの望みは全て叶えられたのだもの。

この思い出さえあれば、わたくしは入内することができるわ。できるはずよ。

立派に、女御としての務めを果たすことができるはず。そうならなくては駄目なの。

ああ、それでも……それでも思う。

このまま時が止まってしまえばいいのに、と。

そうすれば、ずっとこうしていられるのに……。

闇と薄紅色の桜の枝に隠れて、お互いを抱き締め合っていられるのに……。

それが叶わないのなら、いっそこのまま一つに溶け合ってしまえたらいいのにとも思う。

宮様の血となり、肉となり、骨となれたら……。二度と離れることなく、ともに生きられるのに。宮様が鼓動を止めたなら、一緒にわたくしも朽ちることができるのに……。

「…………」

そのどれも、叶わないことは知っているわ。知っているのよ？

でも……それでも、願ってしまう。子供のように……。

恋は不思議だわ……。ようやく少しだけ大人になれたのに……そんなわたくしを、たちまち子供に戻してしまうのだから……。いえ、大人になれたと思ったのが、そもそもの間違いなのかもしれない。痩《や》せ我慢していただけ。現状を受け入れた気になっていただけで……。

宮様の前では、そんな『皆が望む瑠璃姫』の顔ができない。物わかりの良い、素直で、誰も困らせない。道ならぬ罪な想いを抱くこともない。手習いもお勉強もしっかりとして、粛々《しゆくしゆく》と入内を待つ瑠璃姫の顔が……。

ないものねだりをしてしまう。叶わぬ夢を見てしまう。現実から目を背《そむ》けてしまう。道理も知らない子供のように。

けれど、そんな自分を愚かと思えど、愛しくも思ってしまう。だから諫《いさ》める気にもなれず、責める気にもなれない。今、この時だけ……と、全てを許してしまいたくなる。

今、この時だけ……。明日の朝には、いつものわたくしに戻るから。理性を取り戻すから。今は、道理を知らぬ子供でいたい。一心不乱に、この方を求めていたい……。

「思ふとも……か」

不意に、ぽつりと水無瀬宮様が呟かれる。

顔を上げると、大きな手がそっとわたくしの頬に触れた。

「……水無瀬宮様……」

「でも今更断ることはできない。そうでしょう？　姫。今上を裏切ることはできない。父君や兄君、妹君たちが大切でしょう？　そして、今上ご自身も……。皆様のためにも、入内はせねばならない。姫も、それはわかっているのでしょう？」

「…………」

わかってはいます。当然。

その覚悟も、もう決まっています。これは、そのために望んだ逢瀬なのですから。

けれど、今はそんな、物わかりの良い返事など、したくはなくて……。

駄々をこねるかのように首を横に振ると、宮様は更に強くわたくしを抱き締めてくださった。

「私も、お慕いしております。姫。心から……」

「っ……！　宮様……」

「この想いは罪です。想うだけでも、罪です。私は……人から忘れられた宮であっても、畏れ多くも、今上の叔父《おじ》なのです。それは揺るがぬ事実。甥《おい》の、帝の、女御となるお方に懸想《けそう》するなど、本来あってはならぬこと。この想いは、罪です。それも、大きな……」

「……宮様……」

「でも私は……叶わぬ恋と知っていながら、抱いてはならない想いとわかっていながら、それでも決して、貴女《あなた》を想うことをやめませんよ。姫。激しく。死ぬまで。いえ、死してからも」

凛《りん》とした……揺るぎない言葉に、息を呑む。

身を捩《よじ》るようにして宮様を見上げると、とろけそうに甘い……しかし悲痛なほどに切なげな美しい笑みにぶつかり、わたくしは更に大きく目を見開いた。

「水無瀬宮様……」

「……忘れようとしました。このひと月以上もの間。貴女を忘れようと、必死に努めてきました。しかし無駄でした。私はこのひと月、片時も貴女を忘れられませんでした。ただのひとときも、です。姫」

「……！　それは……」

わたくしも……。わたくしも、です。

このひと月、片時も宮様のことを忘れられませんでした。ただのひとときも。

だからこそ、わたくしにはこの逢瀬が必要でした。自分の気持ちに踏ん切りをつけるため。

どうしても……。

「わたくしも……わたくしもです。宮様、わたくしは……」

「姫。私は、貴女を諦めることと、忘れることは同一だと思っておりました。しかし今宵《こよい》……貴女にこうしてお会いして、それが間違いであることを知りました」

え……？

わたくしを諦めることと、忘れることは……同一では、ない……？

思わず、ぱちぱちと目をしばたたかせる。

ええと……それは一体、どういうことなのでしょう……？

「……宮様？」

「この想いは叶わぬもの。いえ、それどころか罪です。ですから私は、姫を諦めると同時に、一刻も忘れてしまわなければと……そう思っていたのです。姫を忘れることができれば、姫を諦めることができる。反対に姫を諦めることができれば、すぐに忘れることもできるだろうと。ですが私には、貴女を忘れることなどできなかった。ただのひとときも。だから諦めることもできないだろう。姫。私は、ここに来るまではそう思っていました。ですが……それは違ったのです」

「……違った……？」

「ええ。私は今上を敬愛申し上げております。大切なのです。あのお方を裏切ることなどできません。姫のことも。愛しています。お慕いしています。姫。されど、だからこそ、貴女には幸せになって欲しいと心から思います。世に忘れられた自分ではなく、今上のお傍《そば》で。姫にも背負うものがあるはずです。それを裏切ることはできないでしょう。嫌だと言いつつも、姫は入内する覚悟はしていらっしゃる。私と今更添い遂《と》げられるとは思っていらっしゃらないはずです。違いますか？」

「……………」

「もうおわかりでしょう？　姫。現時点で、私たちはお互いに、添い遂げることは諦めているのです。お互いのことは忘れられなくても、激しい想いは胸にあっても、諦めることはお互いにできているのですよ。姫」

そう言って、宮様が微笑《ほほえ》まれる。

それは苦しげで、悲しげで、切なげで……けれどもこの上なく甘やかで、優しく、愛しさに溢れた微笑みだった。

生涯、忘れないであろうと確信できる……美しい笑み……。

「宮……さ、ま……」

「瑠璃姫様。私は生涯、貴女を愛することを誓いましょう。そして死して尚、貴女を愛し抜くことを……。私は貴女を忘れたりいたしません。決して……ただのひとときも。貴女だけを想い続けると誓いましょう。貴女を想い続ける罪を、生涯、私は背負って生きてゆきます」

わたくしを見つめたまま、美しい微笑みをたたえたまま、宮様が更に言葉を続ける。

「罪人が妻《めと》を娶ることなど許されません。ですから、今生《こんじょう》で貴女と添い遂げることは諦めます。でも、来世《らいせ》は……きっと清い身で、貴女を奪うだけの力を持って、貴女の前に現れましょう。来世が駄目ならば次の来世で。お約束いたしましょう。ですから、姫。どうぞ私の妻となってください」

「っ……！」

あ……！　あ……！

この時、わたくしの胸を襲《おそ》った歓喜を、どう表現していいかわかりません。

ただ、衝撃、でした。それはとても鮮烈な……。

これほどの喜びが胸を満たしたことが、かってあったでしょうか？

『思い残すことはない』とは、こういう時に使う言葉なのだと思った。

歓喜に包まれ、宮様の愛が胸を満たす。苦しいほど。息詰《つ》まるほどに。

充分だった。もう充分。充分だわ。これ以上はないというものをいただいたわ……。

この言葉だけで、わたくしはもう生きていける。この先、どんな過酷な運命が待ちかまえていたとしても！

新たな涙が頬を伝い落ちる。

ああ、宮様。宮様。

お慕いしております。わたくしも、誓いますわ。生涯、宮様を忘れぬと。

今上が帝の位におつきになったことで、わたくしの御役目の半分は終わっております。

あとは、左大臣家のため、一族のため、入内して女御として、御子をお産み申し上げるだけです。

その御役目は、立派に務め上げてみせましょう。

ですから、この心だけはわたくしの自由にしてみせます。たった一つ、この心だけは。

政治も、勢力や権力争い、家のしがらみ、たくさんの者の思惑……。

わたくしの人生は、わたくしの知らぬところで全て決まっております。わたくしは、誰かが敷いた道の上を、ただ歩くだけなのです。

しかしこの心だけは、何者の干渉も許しません。

この心だけはわたくしのもの。そして、そこを満たすこの想いも、誰にも穢《けが》させません。

宮様。わたくしも……生涯、宮様を愛することを誓いますわ。死して尚。

宮様を忘れたりいたしません。決して……ただのひとときも。

宮様だけを想い続けると誓いましょう。

宮様を想い続ける罪を、生涯、わたくしは背負って生きてゆきます。

宮様が抱える罪と同じものを……宮様とわたくしを繋《つな》ぐ罪《きずな》を、生涯大切に大切に、守ってゆきます。

「……宮様……」

雪のように、雨のように、わたくしたちの身を桜色に染めるかのように、薄紅色の花弁が、風に舞い上がり、降り注ぐ。

水無瀬宮様は、もう一度美しい微笑みを唇《くちびる》に浮かべると、わたくしの額《ひたい》にそっと口づけた。

本当に、素早く、瞬《まばた》きする間の……。

触れるか触れないかの……ささやかなくちづけ。

はっと息を呑んだ、その刹那《せつな》。ぐいっと更に引き寄せられ、強く抱き締められる。

「愛しています。心から。お慕い申し上げております。瑠璃姫様……。生涯、貴女だけを愛し

抜くと誓いましょう。清廉潔白《せいれんけっぱく》な心で。ですから……」

「ええ。ええ。必ず。来世で。水無瀬宮様。瑠璃を、宮様の妻にしてくださいませ……」

震える声で、告げる。

ひらり、ひらり。くるり、くるり。

可憐に、優雅に、秀麗に……。闇に舞い散る薄紅色の花弁は、わたくしたちの恋のように儚《はかな》く、切なげで……。

けれども、息を呑むほどに美しくもあって……。

生涯、この光景を忘れないだろうと、わたくしは思った。

今宵を選んで良かったわ。

きっと、美しく咲く桜を見るたび、宮様の腕の力強さを、雅やかな薫香の香りを、一瞬だけ触れた唇の感触を、くださった愛に満ちたお言葉を、それを告げる……固い決意に震える声を、まるで昨夜のことのように鮮烈に思い出すことでしょう。

そしてそのたびに、わたくしは、少しだけ胸に痛いこの幸せを噛み締めることでしょう。

何処にいても、美しく咲く桜さえあれば……。

わたくしは、宮様との思い出を、何一つとして忘れないでしょう。

忘れなければ、きっと生きてゆける。たとえ二度とお会いすることが叶わずとも……。

ずっと……。ずっと……。

水無瀬宮様は、涙に濡れるわたくしの目蓋《まぶた》にもそっと唇を押し当てて……。けれどやはり、それは一瞬のことで……。

わたくしは微笑むと、宮様の胸に額を押しつけた。

そして、あとはただ二人……固く愛を誓うように抱き締め合った。

「瑠璃姫様……」

「水無瀬宮様……」

来世も。来世も。その次の来世も。ずっと愛しています。宮様だけを……。

ひどく強く、強く、宮様だけを……。

◇

皐月《さつき》——雨の多い忌《い》み月《づき》。それが明けた水無月《みなづき》。

わたくしを乗せた入内車は、荷車や女房たちの乗った網代車《あじろぐるま》を引き連れ、お支度も華々しく、内裏《だいり》へと入った。

わたくしは今上より弘徽殿《こきでん》を賜《たまわ》り、弘徽殿女御《こきでんのにょうご》と呼ばれるようになった。

弘徽殿は帝のお住まいの清涼殿《せいりょうでん》にほど近く、帝の后妃《こうひ》が住まう七殿《しちでん》五舎《ごしゃ》の中では、飛香舎《ひぎょうしゃ》(藤壺《ふじつぼ》)とともに、有力な女御や中宮《ちゅうぐう》が居住する、特に格式の高い殿舎《でんしゃ》。

それだけで、わたくしの入内が今上にとってどれほどの意味を持っていたか……わかろうというものだった。

華々しい後宮で、わたくしはきちんと、わたくしの勤めを果たした。

今上はお優しく、とても御立派な方で、実際にお会いしてからというもの、わたくしは更に御尊敬、御敬愛申し上げるようになった。

お約束の笛も拝聴し、その音色の美しさ、旋律の素晴らしさは、水無瀬宮様よりお聞きしていたとおりのもので……。そしてやはり、宮様の笛に少し似ておられて……。

今上に笛を教えていただく時間は、わたくしにとってとても大切なひとときとなった。

けれど……わたくしは忘れなかった。

ただのひとときも。

水無瀬宮様を忘れることは、決してなかった。

六章　宵の口の夢の闇色は薄く

わたくしが病を得たのは、それから一年半ほど経《た》った頃。年も暮れのことでした。

明けて新年。様々なおめでたい行事が催《もよお》される中、病は少しずつ篤《あつ》くなっていった。

如月《きさらぎ》に入ると、目に見えて床を上げられる日が少なくなり、寝所で過ごすことが多くなっていった。

けれど、わたくしの心は晴れやかでした。

病が篤くなればなるほどに、晴れやかになっていった。

死は怖くなかった。

何故《なぜ》なら、死は解放だったからです。

左大臣家の一の姫。弘徽殿《こきでんの》女御《にょうご》。わたくしを縛る全てのしがらみからの。

父様、兄様方、妹たち。周りの女房《にょうぼう》。同じ女御様や、たくさんの公達《きんだち》。そして、今上《きんじょう》――。

けれど勘違いしないでいただきたい。わたくしは誰一人としてお怨《うら》みしていない。それどころか、皆様を心よりお慕いしておりました。

わたくしは不幸ではありませんでした。確かに幸せでした。

ええ、そう。幸せでした。輝かんばかりに。

一つの恋が、上手くいかなかっただけ。ただそれだけで、わたくしの人生は素晴らしいものだったと……わたくしは自信を持って言えます。

水無瀬宮《みなせのみや》様とお別れしたあとも、わたくしはいつも笑顔でした。そしてその笑顔は、決して作りものではありませんでした。わたくしはちゃんと、心から笑っていました。

わたくしはたくさんの方に愛していただき、大切にしていただいたのです。それで、幸せでないはずがありません。

ただ胸の内に、決して抜けない小さな棘《とげ》と決して消えない小さな希望が、常にあっただけのことです。

ただ、それだけ。

だから、宮様と別れたあとの人生が、つらく苦しいものだったということはありません。

自分の身を嘆いたことも、周りの皆様をお怨みしたことも、一度とてありません。

本当に、幸せだったのです。

それでも、死は解放でした。

ひっそりと胸にしまっていた希望が、死を意識した瞬間、大きく花開いたために……。

ああ、これで……わたくしは役目を終えることができるのだわ。

そして来世《らいせ》ではきっと、宮様に寄り添うことができるはず……。

一度、今上が水無瀬宮様に位を授けようとなされて……しかし宮様がそれを辞退なされたと聞いた。

『私は殿上《てんじょう》を許されていい人間ではありません』

水無瀬宮様はそう仰《おつしや》ったとのこと。

今上はそれを嘆いておいででした。

今上はとても宮様を慕っておられたようで、傍《そば》に来て助けて欲しいのにと零《こぼ》されていた。

今上より……今上がお小さい頃に、吉野《よしの》の里で宮様と遊んだ話はたくさん聞いたけれど、宮様の現状を伝え聞いたのは、一年半の間で、この時だけだったように思う。

だから今、どうしておられるかは知りません。

けれど、信じられた。不思議と。

一片の疑いすら、持ちませんでした。

宮様は、わたくしのことを忘れてはおられない。

今でもまだ、そして生涯ずっと、わたくしのことを想ってくださる。

そして、今生《こんじよう》での生を終え、生まれ変わり、再びわたくしの前に立ってくださる。

今度こそ、わたくしを妻とするために。わたくしとともに生きるために。

だから、わたくしもそれを信じる。

信じて、願い、その時を待つのです。

「……女御様」

御簾《みす》の向こうから、近江《おうみ》のひそやかな声がする。

わたくしはふと、目を開いた。

「……なぁに？」

「ご気分はいかがですか？」

「……悪くはないわ。床を上げることはできないでしょうけど、起き上がることはできそう」

それだけ言って、近江のほうを見もせず、再び目を閉じる。

「けれど、食欲はないわね。食事なら下げてちょうだい」

「……いえ。女御様。実は、鷹柾《たかまさ》様より賜《たまわ》りものがございました」

「………………」

その言葉に、思わず、ため息をつく。

鷹柾兄様は、頻繁《ひんぱん》に、様々な品を持ってお見舞いに来てくださる。

見舞う時間がない時は、贈り物だけを女房に渡してゆく。

昔も今も、妹に甘いのは相変わらずで、それはとても嬉《うれ》しいし、有難いことなのだけれど、
おそらくもう使うことはないであろうと思うひどく高価な品々が、どんどんお部屋に溜まって
ゆくのは少しだけ考えものでした。

「今度はなぁに？」

やれやれといった思いで、目を閉じたまま問う。

しかしそれに応《こた》えたのは、近江ではなかった。

「わたくしですわ。姫様。……いえ、女御様」

「――――っ！」

瞬間、驚愕《きょうがく》が、全身を走り抜ける。

わたくしはかっと目を見開き、身にかけていた袿《うちぎ》を跳《は》ね上げるようにして起き上がった。

「っ……！　嘘《うそ》っ！」

「……嘘でも、幻でも、物の怪《もののけ》でもございませんわ。女御様」

「大《おお》……江《え》……」

御簾の向こう、恭《うやうや》しく指をつき、こちらを見つめていたのは……紛《まぎ》れもない大江だった。凜《りん》とした力強い視線。かつて一番傍にあった……そして一番愛したそれが、今、真っ直ぐにわたくしを見つめている。

もう二度と会えないと思っていた。この目をもう見ることはない。この声をもう聞くことはないと……。

ああ、本当に？　本当に？　夢ではないの？

もっとよく見て確かめたいのに、視界が歪んで、大江の顔がよく見えない。

涙が溢《あふ》れて、溢れて、視界を遮《さえぎ》ってしまう。

「……お、おえ……」

「……殿より、再び女御様にお仕えするよう、仰せつかりました。鷹柾殿の発案だそうですわ。いつぞやかは莫迦《ばか》などと申してしまいましたが、取り消さなくてはなりませんね」

「っ……！」

ぶんぶんと激しく首を横に振る。

いいえ。いいえ。やっぱり莫迦なのだと思うわ。いつまでも、わたくしに甘くて……。

「大江……っ！　大江っ！」

よろめきながら立ち上がり、御簾を跳ね上げて、身を投げ出すようにして大江の首にしがみつく。

それは確かに温かくて、懐かしい香りがして、そっと抱きしめ返す腕も、記憶にあるそれと寸分違わないもので……。

夢でも幻でもなく、確かにここに大江がいるのだと実感する。

本当に小さな頃から一緒にいた。大江はわたくしが六つになるかという頃から、女童《めのわらわ》としてわたくしに仕えてくれていたのだ。

六つ年上の大江は、利発でいろいろなことがよくできて、女童なのだからわたくしが主人なのだけれど、至らないわたくしを大声で叱りつけるのは当たり前で……。

それは大きくなってからも健在で、大江はわたくしに遠慮というものを全くしなくて……。

ああ、だから……そう。大江は姉様のような存在で……。

わたくしの傍には、なくてはならない存在で……！

「あ、ああ、あ……！」

ぎゅうっと、強く強く大江を抱き締める。

「大江っ！　大江ぇっ！」

「んまぁ、女御様。こんなにも元気ではございませんか。それなのに、お食事を抜くおつもりだったのですか？」

大江がわたくしを優しく抱き締め、「駄目ですよ」と言う。

「この大江が来たからには、そんな甘えは許しませんからね？　近江や少納言《しょうなごん》のようにはいきませんよ？　覚悟なさってくださいまし」

「大江、大江なのね？　もう、何処《どこ》にも行かない？　ずっと傍にいてくれるのね？」

悪戯《いたずら》っぽく言う大江から少しだけ身を離し、顔を突き合わせて、畳《たた》みかけるように尋《たず》ねる。

大江の小袿《こうちぎ》を強く握り締めたまま、必死に。

「わたくしが元気になったら、また里に下がってしまうなんてことはないの？　ずっとここにいるの？　また父様と勝手に決めて、いなくなってしまうなんてことはないのね？」

「あらあら……。大江は信用を失ってしまいましたか？」

「違う！　違うわ！」

再び激しく首を振り、そう叫ぶ。

そうじゃない。そうじゃないわ。ただ……。

もう嫌なの。愛する者との別れを経験するのは！

しかも、同じ人と二度の別れを経験するなんて、冗談じゃないわ！

「大江がいなくなると知った時、わたくしがどれだけ泣いたと思ってるの？　あんな思いは、一度で充分よ！　ねぇ、大江！　もう何処《どこ》にも行かないわね？　ずーっとわたくしの傍にいてくれるわね？　ね？」

「あら、まぁ……」

大江は少しだけ困ったように、けれどとても嬉しそうに微笑《ほほえ》み、頷《うなず》いた。

「ええ。お約束しますわ。女御様。……いえ、あえて姫様と呼ばせていただきますわね。姫様。大江はずっとここにいますわ。姫様のお傍に。もう離れたりいたしません」

「っ……！　本当ね？　大江」

「ええ。殿と鷹柾様からも、そう仰《おお》せつかっています。それでなくとも、大江はもう姫様のお傍を離れたりいたしませんわ。大江は大江の意思で、最後の最後まで姫様にお仕えさせていただきますわ」

「……！」

「ですから、御安心なさいませ。姫様」

「っ……！　大江……っ！」

更に、涙が溢れる。

わたくしは再び大江の首にしがみついた。

『最後まで』

それはおそらく、『最期まで』ということだわ。

わたくしがもう長くないであろうことを、大江はちゃんと知っているのだ。

ああ……。大江だ。大江だわ。

帰ってきた。わたくしのもとに。大事なわたくしの腹心。

もう二度と離れないで。傍にいてくれなくちゃ駄目《だめ》。駄目よ。

「ふ、う……う、う……」

泣きじゃくるわたくしの肩を優しく抱き、大江が「さぁさ！」と元気の良い声を上げる。

「お起きになれたのですから、お食事できますわね？　まずは食べて、体力を取り戻さねば、病を払うことなどできようはずがございませんわ。滋養《じよう》のあるものをたっぷり食べていただきますからね」

ポンと強く背を叩かれ、思わず微笑む。

わたくしは袖《そで》で涙を拭《ぬぐ》うと、大江ににっこりと笑いかけた。

「ええ。もちろん。食べるわ」

近江や少納言たちが、わっと歓声を上げる。

「では、御膳《ごぜん》を用意いたしますわね」

「女御様。単衣《ひとえ》姿ではお寒うございますわ。袿を」

「誰か、角盥《つのだらい》を。御顔を洗っていただかなくては」

「脇息《きょうそく》を今お持ちしますわ。女御様、らくになさってくださいまし」

にわかに皆が活気づき、嬉しそうに動き出す。

それを見回して、大江が満足そうに微笑む。そしてわたくしへと視線を戻すと、にっこりと満面の笑みを浮かべ、優しくわたくしの髪を撫《な》でた。

「どうなさいます？　床を上げられますか？　御加減が悪いようでしたら……」

「いいえ。起きるわ。大江。大江は後宮のことはよく知らないでしょう？　これからしっかり働いてもらわなくちゃならないし、いろいろと教えるわ。寝ていたら、できないでしょう？」

その言葉に、更に歓声が上がる。

「無理はさせられませんが……そうですね。大江は有能ですし、すぐに覚えてしまいますから大丈夫でしょう。では身支度の準備をさせていただきますわね」

「それを自分で言うのね……。でも駄目よ。すぐになんでもできるようになってしまったら、先輩の立つ瀬がないわ。近江や少納言に、少し先輩風を吹かす機会を与えてあげて。それが、出来る女房というものでしょう？」

悪戯っぽくそう言うと、周りの女房たちがくすくすと笑う。

室内が、まるで春が来たかのように明るく、花が咲いたかのように賑《にぎ》やかになる。

彼女たちの笑顔を見て、改めて思った。夢のように幸せだと……。

こんなにも皆の愛に包まれて、わたくしは本当に幸せだわ。

父様も兄様も、心の底からわたくしを大切に思ってくださっている。

そうでなければ、こんなに素敵な贈り物をしてくださるわけがないわ。

昔も今も、愛していただいて、大切にしていただいて、どれだけ思い返してもわたくしには幸せだった記憶しかないわ。

ああ、父様や兄様に、御礼の御文を書かなくては。

今のわたくしには重労働だけど、でもこの深い感謝の気持ちを、ちゃんとお伝えしなくては。

ありがとうございます、と……。

お慕いしております、と……。

「大江、手を貸して」

「かしこまりまして」

大江に支えられて、立ち上がる。

わたくしは大江を見上げ、久々の満面の笑みで言った。

「桜の襲《かさね》にしてちょうだい。大江」

大好きな……そして特別な思い入れのある衣装。

宮様との最後の逢瀬《おうせ》の際、着ていたのが桜の襲だった。

「…………」

ふと、庭のほうを見やる。

まだ如月。寒さは厳しい。

今年の桜を、わたくしは、見ることができるでしょうか……。

それからわずか半月後――待ち望んだ桜の花を見ることなく、わたくしは目を閉じることとなった。

少しずつ苦しさが消えてゆき、同時に引きずり込まれるように眠くなってゆく。

大江や近江や少納言や……たくさんの女房たちの啜《すす》り泣く声を聞きながら、わたくしの意識は深い深い闇《やみ》へと引きずり込まれていった。

けれど、怯《おび》えはありませんでした。怖いとは、微塵《みじん》も思いませんでした。

わたくしにとって死は……やはりとても希望に満ち溢れたものでした。

解放であり、救いであり、そして新たな旅立ちでもありました。

だってこの先には、水無瀬宮様との幸せな逢瀬があるはずですもの。

わたくしは、水無瀬宮様ともう一度出逢《であ》い、恋をするのです。

そうして、今度こそ結ばれ、ともに幸せに暮らすのです。

もう長くお会いしていない……宮様。今どうしておられるのでしょう？　変わらず、風雅を楽しみつつ、笛を吹いておられるのでしょうか？

宮様。水無瀬宮様。
瑠璃《るり》は、黄泉《よみ》の道を参ります。希望へと旅立ちますわ。
今生に飽いたら、どうぞ宮様、瑠璃のもとにいらしてくださいませ。
瑠璃は、宮様をいつまでもお待ちしております。宮様との恋を夢見て。
来世で。それが叶わぬのであれば、更に次の世で。
ずっとずっと、お待ちしておりますわ。

宮様……。水無瀬宮様……。
お慕い申し上げております……。
心より、愛しておりますわ……。
再びお逢いできる日を楽しみに……瑠璃はお待ち申しあげておりますわ……。

転章　遥かなる時を越えて　鷹臣 side

桜の季節になると、何故《なぜ》か胸がざわめく。

何かに恋焦がれるかのように、あるいは何かに怯《おび》えるかのように、ひどく胸の内がざわめく。

この気持ちはなんなのだろう……？


総事業費一千億の大企業二グループによる共同ビル。

一二〇を超す流行の最先端を行くショップに、三〇社以上のオフィス。更に映画館に屋外型展望施設やホテルやフィットネスクラブが入っている、企業と商業が一体となった地上五〇階、地下五階建て複合施設ビル、ワールドトレードスクエア。通称ＷＴＳ。

その十二階にオフィスをかまえる、経営コンサルティング会社『ＩＮＦＩＮＩＴＹ』。

市場環境の変化に柔軟に対応し、中小企業を専門に様々な戦略を駆使して企業をサポートするマーケティング・コンサルティング企業。

従業員が、社長であるこの俺を含めてたった十人しかいない小さな会社ながら、いくつもの大企業からの大きなプロジェクトを任せられるほど信頼が厚い。

ここ数年で急成長した会社だ。

いや、正確には、俺が急成長させた会社……と言うほうが正しいだろう。

「あ、おはようございます」

一歩オフィスに足を踏み入れた瞬間、穏やかながらキビキビとした気持ちの良い挨拶《あいさつ》が俺を出迎える。俺は顔を上げると、グルリと視線を巡らせた。

ドアのある壁側にはズラッと戸棚が並び、八つのデスクが四つずつ田の字型に並んでいる。ドアから見て、正面奥の窓のほうにもローサイズの戸棚やコピー機などが並んでいて、そして同じくドアの右手のカウンターの向こう側は社員の休憩所だ。ソファーやテーブル、自動販売機やコーヒーメーカーなどがある。

オフィス家具や各種機器などはシルバーで統一され、とてもお洒落《しゃれ》でスタイリッシュ。休憩所の家具も白で統一され、機能的でシンプルかつモダン。

あちこちに置いてある観葉植物は、先ほど俺に挨拶をした男の手入れが隅々《すみずみ》まで行き届いていて、いつも瑞々《みずみず》しくて美しい。

オフィスといえば、飾り気がなくて雑然としているイメージがつきものだが、我が『INFINITY』においては、そんなイメージとは無縁だ。

それは、社長である俺自身が、そういった半世紀前の貧乏臭くて汚いオフィスを好まないというのもあるが、毎日毎日朝早くから自主的に掃除をして、観葉植物の手入れをするこの男の存在も大きいだろう。

俺は肩をすくめると、ニコニコしながら珈琲《コーヒー》の用意をしているその男——片桐隼人《かたぎりはやと》をじっと見つめた。

「おはよう。大江《おおえ》は？」

「もうご自分のお部屋で、なにやらバタバタしていましたよ」

「そうか。じゃあ俺は、しばらく珈琲でも飲んでゆっくりと落ち着くか」

「……何を仰《おつしや》ってるんですか。早く行って、大江さんの負担を軽くしてあげてください。珈琲はそちらに運びますから。奴隷《どれい》は生かさず殺さずが鉄則でしょう」

……最後の言葉、必要だったか？

180センチあるかないかの、スラリとした細身のスタイル。真ん中ですっきりと分けられたサラサラの黒髪。

人形のように整った顔は、男らしさとは無縁で、まるで少女漫画に出てくる王子様か何かのように、男臭さがなく中性的。

かつて、俺が「感情の一片も入っていない完璧な作り笑い」と賞賛した、綺麗《きれい》な笑みを唇《くちびる》にたたえた美人。

その外見とは一八〇度真逆な毒舌に俺は肩をすくめると、「わかった」と呟《つぶや》き、しっかりと首を縦に振った。

「あれだけ使い勝手の良い有能な奴隷はそうそう見つかるもんじゃないしな。壊れない程度に大切に大切にコキ使うことにしよう。珈琲は二人分運んでこい」

「そうしてください。では後ほど大江さんの部屋にお持ちいたします」

俺の暴言もあっさり肯定し（そりゃそうか。先に『奴隷』発言したのはヤツだしな）ニッコリと微笑《ほほえ》んだ片桐に俺はため息をつくと、休憩所とは反対の方向へと足を向ける。

ツカツカと足早にオフィスを横切る俺に、七人の社員がそれぞれ挨拶を口にし、頭を下げる。

それに適当に返事をしながら奥へと突っ切ると、突き当たりの壁にある四つのドアの一番右端──大江の部屋のドアを唐突に開けた。

「……！」

この経営コンサルティング会社『ＩＮＦＩＮＩＴＹ』は俺と大江が中心となって立ち上げた会社だ。そのため俺と大江だけが自室を持っている。まぁ……そうだな。所謂《いわゆる》社長室のようなものだと思え。……大江は社長どころか、社長《おれ》の奴隷だがな。

重厚なマホガニー製のデスクに腰掛けて電話をしていた大江が顔を上げる。

１９０センチ近い恵まれた肢体《したい》に、軽くて手触りの良さそうな茶色い短髪。穏やかで優しい瞳《ひとみ》には銀縁眼鏡。形の良い唇には人好きのする微笑み。

知的で誠実そうな、『モロやり手』といった感じの美形。

しかし冷たい印象はなく、むしろとても爽《さわ》やかで明るい好青年といった感じだ。

そんな、二十五歳になったばかりの大江彬《あきら》は俺の腹心の部下……もとい奴隷だ。

大江は俺を見ると、少し目を細めて、何やら二、三、確認をしてから電話を切った。

「おはようございます。御堂《みどう》さん。ノックはどうしたんですか？」

「ああ。例のアンテナショップの様子は？」

「……ノックの件は無視ですか？　ノックぐらいしましょうよ。礼儀として」

「確かにノックは礼儀だ。それに異論はないが、何故俺が貴様なんぞに、その礼儀を払わにゃならんのだ」

主《あるじ》が奴隷に払う礼儀なんてものは、この世には存在しない。

堂々とそう言ってやると、大江がハーッとため息をついて、やれやれと首を左右に振った。

「なにを偉そうに言ってるんだか……。アンテナショップの様子は、まずまずといったところですかね。売上的には順調です。ただ、やはり値段ですね。もう少し抑《おさ》えることができればもっと爆発的な売上を上げてもおかしくない商品だとは思うのですが……」

「…………」

やはり大江もそう思うか……。

俺は眉《まゆ》をひそめると、大江が差し出した書類を受け取り、それに視線を落とした。

「そればっかりはクライアント次第だなぁ……？　提案はしてみるが……」

だが、確かにあの商品のクオリティならば、もっと売上が上がっていてもおかしくない。合格ラインは超えているが……しかしまだまだ伸びるはずだ。これでは不十分と言わざるを得ない。

「……今日、ここと打ち合わせだったたな？」

「ええ。十一時から」

俺は大江に書類を突き返すと、壁の時計へと視線を走らせた。

今は九時ちょっと過ぎ、か……。移動時間を考えると……んー……そんなに時間があるわけじゃない……な。

俺は肩をすくめると、俺の言《げん》をじっと待っている良くできた奴隷をじっと見上げた。

「じゃあ、早めに出るか。アンテナショップに少し顔を出してから、打ち合わせに行こう」

「わかりました。では、すぐに用意します」

「ああ」

俺の言葉にしっかり首を縦に振り、すぐさまバタバタと忙しく準備をし始めた大江を一瞥《いちべつ》し、その時ふと、その横顔が青いことに気づく。

俺はニヤリと笑って腕を組んだ。

「なんだ。大江。愛妻が寝かせてくれないのか？　顔色が良くないように見えるがな」

「……俺を寝かせてくれないのは御堂さんでしょうに……。結婚生活を満喫《まんきつ》する暇《いとま》もないほど忙しいのは、御堂さんが一番良く知っていると思いますが？」

からかうような言葉に若干ムッとしたように眉を寄せながらも、準備をする手を止めることなく、だがしっかり反論は欠かさない。

そんな大江の態度に俺はますます唇の端を持ち上げ、目を細めた。

「なんだ？　お前。清香《きよか》ちゃんをほったらかしか。それは可哀相《かわいそう》に。清香ちゃんは俺が慰めておいてやろうか？」

「余計なお世話ですっ！」

「……！」

……そんな噛《か》みつきそうな勢いで……。軽い冗談じゃないか。本気でにらむな。

俺は大江の鋭い視線を受けて、ひょいっと肩をすくめてみせた。

「まぁ、このプロジェクトが軌道に乗れば少しはゆっくりさせてやれる。あと少しの辛抱だ。と、清香ちゃんに伝えておけ」

「御堂さんの言葉はアテになりませんので、遠慮させていただきます。貴方《あなた》は無駄に有能なので、このプロジェクトが終わる頃には、もっと大きいプロジェクトを引き受けていたりして、もっと忙しくなっている可能性が大ですから」

「は？　冗談だろう？　そんなことがあってたまるものか。これ以上のものを抱え込んだら、俺が忙しくなってしまうじゃないか！」

俺がそんなミスをすると思うか。

「貴様や社員たちを最大限コキ使って、同時に俺は最大限ラクしながら、最大限の業績を上げる。これが俺のモットーだからな」

「何を平然と鬼畜発言をしているんですか。堂々とのたまっているわりには、言っている内容は最低なんですけど」

何を言う。効率良く利益を生むのは、経営者の最大の課題だ。非難される覚えはないな。

俺の言葉に、大江が鞄《かばん》に書類を突っ込みながら、ムッとしたように俺をにらんだ。

「その効率の中に、『自分はラクをする』という項目が入っているのがおかしいんです。御堂さんもその能力を遺憾《いかん》なく発揮すれば、更に業績は上がるでしょうに」

「それこそ、ふざけるなと言わざるを得んな。俺は上でふんぞり返りつつ、手足となる人間をコキ使うことで成功を収めたいがゆえに会社を興《おこ》したんだ。蟻《あり》やら蜂《はち》やらのように、せっせと必死に働くのが嫌でなければ、大人しく雇われで満足していた。なにせ俺の親父殿は日本でも有数の大企業の社長様だからな。労せずして一流企業の重役の座には座れることだし」

「……腹立つ言い草ですが、確かにその通りですね」

「だろう？　会社経営もなにかと面倒だからな。だが生憎《あいにく》と、俺は働くことが嫌いだ。だから会社を興し、お前のような便利な奴隷を集めたんじゃないか」

「ふざけてるのは貴方でしょうに。なんですか。その理由は」

「何か問題があるか？　会社を興す人間全てが、崇高《すうこう》な目標と煌《きら》びやかな希望と少年のような夢を持っていると思ったら大間違いだ」

俺の堂々とした物言いに、大江が呆《あき》れた様子で「はぁ？」と言う。

ん？　なにかおかしいか？

「夢を見るなよ。大江。現実というものはそういうもんだ。俺の友人にも、合法的に人をぶん殴れるからという、わけのわからん理由から警察官になった男がいるぞ？　氷室《ひむろ》というんだがな。まぁ、いろいろあって、今は刑事をしているが」

「……人を殴るために警察官になった男が刑事ですか。世も末ですね」

「世紀末は十数年前に過ぎ去ったばかりだがな。ま、そいつも、合法的に人を殴るためなんて言ってたのは若気の至りってヤツだろう。今は真面目《まじめ》に刑事をしていると……信じる」

「え？　曖昧《あいまい》なんですか？　そこ」

「最近は会っていないからな。まぁ、要は『自分がラクをするため』という理由で会社を興すことなど、珍しくもなんともないということだ。現実を見ろ。大江」

軽やかなノックの音とともに、片桐の「失礼します」という声がして、ドアが開く。

直後、鼻腔《びこう》を擽《くすぐ》った芳《かぐわ》しい香りに俺は唇の端を持ち上げると、呆れ顔で「なにを堂々と」とブツブツ言っている大江を尻目《しりめ》に、ソファーにドサリと腰を下ろした。

「なんだ、堂々と言うことが問題なのか？　じゃあおずおずと自信なさげに言えば満足か？」

「ああ言えばこう言う！　そういうことではないのはわかってるでしょう！」

まぁ、そうだな。わかってはいる。わかっているから、からかって遊んでいるんじゃないか。馬鹿だな。

俺はもう一度ニヤリと口角を上げると、そっと珈琲カップに指を絡め、持ち上げた。

「さ、早く飲め。飲んだら行くぞ。大事なクライアントが待っている」

◇

風の中に花が香る。

薄紅色《うすべに》の美しい花に、心が妖《あや》しくざわめく。

そして……そのたびに誰かが呼んでいるような錯覚《さっかく》に陥るのだ。

誰なんだ……お前……？

「御堂さん？」

大江の怪訝《けげん》そうな声に、ぼんやりとしていた俺はハッとして顔を上げた。

「え……？　あ……」

「気分でも悪くなりましたか？　車に乗ってから黙ってしまって。もうアンテナショップに到着しますよ」

「いや……ああ、何でもない。ただ、桜が……な……」

「え……？　桜がどうかしたんですか？　そういえばこちらへ来る途中も、アチコチで綺麗《きれい》に咲いていましたね」

「桜は嫌いなんだ」

「……は……？」

その言葉に、大江が車道の脇に車を停《と》めながら、意外な顔をしてこちらを見る。

「え……？　お嫌い、なんですか？　へぇ……。桜が嫌いっていう方ははじめてです。なんと言うか……日本の心の象徴とも言える花じゃないですか」

「確かにな。だが、嫌いなものは嫌いなんだ。ひどく落ち着かない気分になる」

「御堂さんってつくづく変態なんですね」

「ああ？　誰がだ！　せめて『変わっている』ぐらいに表現は留めておけ。減俸《げんぽう》するぞ」

「権力をそんな風に使わないでください」

ああ？　ふざけんな。権力はこういうために使うものだろうが。

ムッと眉をひそめてそう言うと、大江が「違いますよ！」とブツブツ言う。

しかし俺はそんなヤツをあっさり無視して車から降りると、アンテナショップのほうへ視線を向けた。

駅前の大通りから一本裏へと入ったところにひっそりとあるこぢんまりした店だが、土曜日というのもあってか、午前中だというのにたくさんの女性で賑わっている。

「…………」

俺は車のドアを閉め、店に出入りする女性たちをじっと見つめた。

やはり反応は上々だ。

女性たちの目は商品に釘づけと言ってもいいだろう。店内で退屈そうにしているような者は、一人も見当たらない。皆ひどく熱心に商品を見つめ、店員のアピールトークに耳を傾けている。説明が欲しくて、店員の手が空《あ》くのを待っている女性の姿すら見受けられる。

もともと商品として力を持った物ではあるが、それ以上にターゲット層やキャッチコピー、商品のデザインなど、全てがズバッと消費者心理にハマっているのだろう。正に、狙い通りといったところか。

ただ、やっぱりと言うべきか……。商品を手に取りつつも、名残惜《なごりお》しそうに棚に戻す女性の姿も目立つ。この不況時、勢いに乗って買ってしまうには、やはり少々お高いらしい。

「…………」

俺は客の様子をざっと見て把握すると、車から降りてきた大江を横目でチラリと一瞥した。

「よし。手ぶらで店から出て来た女性に声をかけて、生の消費者の声をリサーチしておこう。そうすれば、価格の提案に説得力が出る」

「そうですね」

ついでに店員からも、客の反応を間近に見ていての率直な意見を聞いておくか……。

そんなことを思いながら、通りの反対側にあるアンテナショップへと歩き出した。

いや、歩き出そうとしたんだ。

しかし、その時。ショップの前で足を止めた女子高生の後ろ姿に、ふと目を引かれる。

俺は小さく息を呑《の》むと、ほんの少しだけ目を見開き、じっとその女子高生を見つめた。

濃紺《のうこん》のセーラー服は少しも着崩されることなくピシリとその身を包み、スカートはきっちり膝下丈《ひざしたたけ》。上着の裾《すそ》も弄《いじ》った形跡はない。ソックスも濃紺で、ハイソックス。

いわゆる『今時』の女子高生といった感じとは無縁《むえん》で、立ち姿もスラリと美しい。

漆黒《しっこく》の艶《つや》やかな髪は背中までのストレート。ほんの少し見え隠れする肌は白磁《はくじ》。

剣道の防具だろうか？　大きな袋を手に提げ、竹刀《しない》が入っていると思われる紫の細長い袋を抱えている。

制服を改造してもいない、着崩してもいない、髪を染めてもいない、だらしなく足を開いて立つこともしない。

古風で……そう、例えば、今や存在が都市伝説となってしまった『大和撫子《やまとなでしこ》』という言葉が似合いそうな……。

「…………」

「……？　御堂さん？　どうかしたんですか？」

通りを渡ろうとしていた大江が、一向に動き出そうとしない俺を訝《いぶか》しむように、肩越しに振り返る。

「いや……ああ、すまん。ちょっと珍しい子が……」

「……？　珍しい子？」

大江が怪訝そうに眉を寄せ、俺の視線の先へと目を向けたその時、その少女の姿がゆらりと揺れる。

ざわり。

その刹那《せつな》、心の中で何かが妖しく音を立て、俺は眉をひそめた。

「……本当だ。確かに珍しい感じの子で……あら、立ち止まっただけで行ってしまいますね。興味ないのかな？」

「………」

大江が肩をすくめる。

その言葉どおり、ショップからすぐに視線を逸《そ》らし、真っ直ぐ前を見て再び歩き出したその少女は……しかしふと、視界の隅《すみ》に、道路脇に不自然に佇《たたず》む俺たちが目に入ったのだろうか？

それとも不躾《ぶしつけ》な俺の視線に気づいたのだろうか？　若干眉を寄せながら、ゆっくりとこちらへ視線を向けた。

ざわり、と……再び胸の内で、不穏な音がする。

黒髪が風に舞い、少女の顔が露《あらわ》になる。重たげな睫毛《まつげ》が持ち上がり、黒曜《こくよう》の大きな瞳《ひとみ》が俺を捕らえる。

そして――――俺と少女の視線が絡む。

「――――ッ！」

その瞬間、だった。

言いようもない激情が胸を突き、背中を戦慄《せんりつ》が駆け抜ける。

ザワリと音を立てて肌が粟立《あわだ》ち、全身を貫いた衝撃に目の前が暗くなる。

な……っ？

「ッ……！」

なんだ……っ？　これは……っ！

自分の反応に、自分自身が驚愕《きょうがく》し、息を呑む。

しかしそれは気のせいでもなんでもなく、一気に血の気が引き、身体《からだ》が震え出す。

そのまま後ずさりして、ドンッと背中を車に押しつけた俺を、大江が訝しげに見つめた。

「御堂さん……？」

「……ッ……」

激情――そう、『激情』としか、表現できない。表現しようがない。

俺の内でこの荒れくるう感情を、他になんと説明したらいいかわからない。

ただ、衝撃だった。

吐き気がするほどの激しい何かが、心の中で渦を巻き、暴れ、くるい、俺を襲《おそ》う。

「……ッ……！　く……」

「御堂さん？　どうかしたんですか？　顔色が……」

訝しげな大江の声がすぐ横でするものの、それに答えることができない。

それどころか、大江のほうへ視線を流すことすら、叶わない。

少女から、目を離すことができないのだ。

少女のほうもまた俺を認めた瞬間、大きな漆黒の瞳を更に大きく見開いて……その後は言葉もないといった様子で、ただじっと俺を見つめている。

「………」

俺はシワになるのも構わず、スーツの胸元を固く握り締めて、内で暴れくるう不可解な激情を必死に抑えつけながら、こちらを見つめる少女の双眸《そうぼう》を凝視した。

今までに見たことは……ないと思う。少なくとも俺は覚えていない。

会ったことは当然ない。そんな記憶は……ない。

そのはずなのに……。

ならば、この想いはなんなのだろう？

胸を突き上げる、このくるおしいほどの想いは？　俺を襲う、この『激情』はなんなんだ？

いろいろな想いが去来する。五月蠅《うるさ》いほどに、思わず耳を塞ぎたくなるほどに、たくさんの想いが、感情が……。

逢《あ》いたかった。

逢いたくなかった。

逢えて嬉《うれ》しい。

いや、悲しい。

愛《いと》おしい。

憎らしい。

懐かしさに心が震え、愛しさが胸に溢《あふ》れ、強烈に惹《ひ》かれるというのに……。しかし同時に、おぞましさに心震え、恐怖に身が竦《すく》む。

身が歓喜に震えながらも、吐き気がするほどの嫌悪が胸を突く。

なんだ……？　これは……。

全く説明のつかない、そして制御の利かない感情の嵐に、思考は混乱を極めてゆく。

なんなんだ……っ？　これは……っ！

「……ぐっ……！」

口を覆う手が、みっともないぐらいにぶるぶると震え、急速に体が冷えてゆく。

「ッ……？　御堂さん？　どうしたんです？」

大江の切羽《せっぱ》詰まった声が、何故かひどく遠くに聞こえる。

どうしたのかなんて、俺こそが訊《き》きたいし、知りたい。

俺を襲うこの激情の嵐がなんなのかなんて、わかるわけがない。

ただ苦しい。

くるおしいほどの感情が次々に俺を襲い、おかしくなりそうなほどに苦しい！

少女から視線を外しさえすれば、この不可解な現象も治まるのではないかと、頭のどこかで思いはすれど、足も、腰も、肩も、首も、眼球すら、ピクリとも動かない。

全てが、何かに打ちつけられ固定されてしまったかのように、どんなに頑張っても微動だにできない。

そんな不可解な状況に、更に思考は混乱してゆく。

なんなんだ……。これは……。

「……ッ……！」

感情も、思考も、身体も、全てが思い通りに動かない。

苦しくて苦しくて、肩で息をしながらも、それでも見つめ続ける視線の先――ふと、少女が左手を上げた。

そして、俺を誘うかのように、ひどく雅《みやび》やかな仕草で、こちらへと差し伸べる。

な、に……？

ビクリと肩を震わせ、息を呑んだその瞬間、彼女の瞳が透明な雫《しずく》に濡れた。清らかな涙が、その頬《ほお》を滑り落ちる。

「ッ……！」

わけのわからぬ驚愕と、根拠のない恐怖が、ざわりと背筋を駆け抜ける。

悲鳴を上げぬことが不思議なほどの、衝撃。

再度息を呑んで、冷や汗に濡れる背を車へと更に押しつけた、その時だった。不意に彼女がゆっくりと口を開いた。

そして……桜色の甘美な唇が、紡《つむ》ぐ。

たった一言。

『姫』と――――。

「――――ッ！」

車が行き交う道路を挟んでいるからだろう。その声が直接耳に届くことはなかったけれど、しかしそれでも、彼女ははっきりとそう言っていた。俺に、呼びかけていた。

そう……『姫』と。

「ぐ……っ！」

ゾッと、背筋を冷たいものが走り抜け、様々な感情が胸の内で溢れ返り、混乱が脳裏《のうり》で膨れ上がる。

身の内の爆発とともに更なる吐き気が俺を襲い、そのあまりの苦しさに、俺は思わずその場で身を折った。

「み、御堂さんっ？」

崩れ落ちる俺の身体を、とっさに大江が支える。

「どうしたんですっ？　御堂さんっ！」

焦った様子の大江の声に——それでもやはり、俺はそれに答えることはできなかった。

ただ、少女を見つめていることしか……。

「……………」

なんなんだ……これは……？

恐怖や嫌悪を感じることなど、あの少女は何一つしていないというのに……。

その姿も、差し伸べられた手も、俺を『姫』と呼んだ仕草も、溢れんばかりの愛に満ちた、ひどく優しく温かいものなのに……それははっきりと感じられるのに……なのに、何故だ？

何故、こんなに怖いのだろう？　何故、こんなにもおぞましいのだろう？

更に、憎らしくもあり……何処《どこ》かで怒りも感じていて……。

ゾッとする——なんて表現では収まりきらぬほど、肝《きも》が冷え、ガタガタと身体が震える。

それなのに、同時に、懐かしさ、そして溢れんばかりの愛しさ、震えるほどの歓喜も感じていて……。

全く相反する激情が心の中を荒れくるうその怪しさは、俺はもしかしておかしくなってしまったのではないかと疑いたくなってしまうほどだ。

駄目、だ……。ここにいては……。逃げなくては……っ！

心の内で、俺が俺に命ずる。

俺は息を呑むと、震える手で、俺を支える大江の……そのスーツの袖《そで》を固く握り締めた。

「大、江……っ！　ここから……ここから、俺を……連れ出せ……っ！」

「っ！　え……？　御堂さん？　一体……」

大江が戸惑ったように息を呑む。

それはそうだろう。俺にすら、俺自身に今、一体何が起こっているのかわからないんだ。俺自身に理解できぬ俺の状況など、大江にわかろうはずもない。戸惑うのも当然だ。

それは、わかる。だが、俺自身も理解できていない上に……いや、たとえ理解できていたとしても、俺のこの状況では、それを大江に説明することは難しい。

何故なら、俺は未だ……少女から目を背けることすらできないからだ。

俺はギリリと手に力を込めると、ただ一言、まるで吐き棄《す》てるかのように懇願《こんがん》した。

「頼むっ！　早く……っ！」

「っ……！」

何一つとして理解できないながらも、だが振り絞るようなその一言で、俺の願いと、そこに込められた思いだけは理解したのだろう。大江がビクッと肩を震わせて、素早く俺の腰を抱き寄せる。

そして、俺の身体を支えたまま車の鍵を開け、素早く後部座席のドアを開ける。

大江に押し込まれるように、シートに崩れ落ちた瞬間、バンッとドアが少々乱暴に閉まる。

「…………」

そしてすぐさま運転席のドアが開いて、素早く乗り込んできた大江が「一旦オフィスに戻りますか？　それとも……」と、緊張感のある声を投げかけてくる。

しかし、俺はそれに答えることなく、窓越しに、再びじっと少女を見つめた。

怖い。おぞましい。憎らしい。そんな負の感情が溢れんばかりに渦巻く中……だがドア一枚隔《へだ》たれたことが、とてつもなく寂しい。逃げ出したいのに、離れたくないと思う。

ここから連れ出して欲しいと、大江に望んだのは俺だ。命じたのも、俺。

なのにその舌の根も乾かぬうちに、ドアを開け放って、出て行きたい衝動に駆られる。

傍に、行きたい。愛しい。愛しい。このドア一枚の隔たりが、たった数メートルの距離が、寂しく、苦しく、悲しい。

「ッ……！」

大江の問いに答えることなく、思わず身を乗り出すようにして窓に手をつく。そしてまるで縋《すが》るように少女を凝視した……その刹那。

少女がフワリと艶やかな笑みを浮かべて、再び唇を動かした。

『ああ……やっと逢《あ》えた……。すぐにお迎えに上がります。姫』と――――。

唇の動きが読めるわけじゃない。『姫』の一言ならともかく、長い文章を、唇の動きだけで理解できるような、そんな技術は持っていない。そんなわけはない。

そう思うのに――――だが、何故か確信した。少女が、そう言ったのだと。

「――――ッ！」

その瞬間、俺の中の何かが悲鳴をあげた。それも、惑乱《わくらん》と恐怖に満ちた……凄《すさ》まじいまでの悲鳴を、だ。

直後、俺の中でブツリと何かが切れる音がして、大江の声が急速に遠くなる。俺はそのままズルリとシートに倒れこんだ。

「み、御堂さんっ？」

「……大、江……」

目の前が暗くなってゆく。音が聞こえなくなってゆく。思考が途切れ、全てが朧《おぼろ》になり、闇《やみ》にのまれてゆく。

「御堂さんっ！　一体、どうしたんです!?」

「…………」

「御堂さんっ！」

大江の声が、遠く、小さくなってゆく。

深く、深く、海の底に沈んでゆくような感覚だけが残り、俺はそっと瞳を閉じた。

闇の深淵《しんえん》……。無が支配するはずのその世界で、意識を手放す、ほんの一瞬前……。いや、あるいは、同時だったのかもしれない。

かすかに……だが確かに……女の声を耳にした気がする。

世を儚《はかな》むような……いや、世に絶望したような……悲哀に満ちた、泣き声。

どうして、どうして、と。赦《ゆる》して、赦して、と——。

まるで子供のような、小さな女の子のような、それ。

誰が、何処で、泣いているのだろう……？

力いっぱい抱き締めて、慰めてやりたくなるほど悲痛な泣き声に、胸打たれた瞬間……そう

まさに、その刹那だった。プツリと、俺の意識は途切れた。

ひどく、唐突に。

まるで、何かを振り払うように。

そしてまた、幕が上がる。
何度繰り返しても、終わらない。決して終わることのない。
疲れても
倒れても
壊れても
延々と綴《つづ》られ続ける――恋の物語の幕が。

あとがき

はじめまして。御園《みその》るしあと申します。

このたびは、『ただ呪うように君を愛す―宵夢―』をお手に取ってくださいまして、本当にありがとうございます！

「流石《さすが》はお目が高い！」と言いたいところなのですが、そこまでずうずうしくはなれません。

「ちくしょう、無駄金使ってしまった！」と、壁にぶつける、ゴミ箱に直行させる等の行いを皆様がなさらずに済んでいることを、願うばかりです。


さて本作は、E★エブリスタにて開催された二〇一二年十一月のE★エブリスタ賞『集英社コバルト文庫賞』にて1位を獲得させていただきました『ただ呪うように君を愛す』の序章として書き下ろしをさせていただいたものです。とっても平たく言いますと、はじまりの物語というやつですね。映画化などでよくあるやつです。

「あれ？　じゃあ、賞を取った本編の書籍化は？」と思ってくださったファンの皆様。それはまた別のお話でして……。現状といたしましては、そちらの書籍化も成るよう、それこそ呪う勢いで、エブリスタ様・コバルト編集部様へと毎晩祈りを捧げている感じです。どうぞ皆様も私とともに、祈っていてくださいませ。

さて、本編ではさらっと流されていた、全《すべ》ての始まり。恋と、罪と、桜、そして約束――。

それを詰め込んだのが、この『―宵夢―』です。

本編の流れを変えないよう、矛盾《むじゅん》を作らないようにするだけではなく、更にいろいろ制約がある中でドラマを作るのはとても骨が折れました。

数ある制約の中で一番大変だったのは、この本をお手に取っていただく読者様には、本編を読了した方と、本編未読の方がいらっしゃるという点でした。

本編を読んでくださっている方には、物語のオチが予《あらかじ》めわかってしまっています。それでも楽しめるようにしなくてはなりません。

でも、本編を踏まえての設定や見どころなどは、あまり多く作れません。何故《なぜ》なら、本編を知らない方も、またいらっしゃるからです。

そう。本編未読の方には、この本だけで楽しめるように。そして更には本編を読みたいとも思っていただけるようにしなくてはいけないのです。

どちらの読者様をも魅了できるよう物語を描くのは、本当に本当に難しくて……。果たしてできているかどうか、今もわかりません。できていればいいのですが……。

それを更に、かなり短期間で書き下ろすとなれば……もう、本当にゾクゾクしましたよ！

流石、コバルト編集部様！　私の使い方がわかっていらっしゃるっ！

不安で担当様に泣き言を言ったりもしましたが、こうして形になって良かったです！

ともあれ、本当にたくさんの方に支えていただき、憧《あこが》れのコバルト文庫様より、書籍を出すことができました。遅ればせながら、こちらで謝辞《しゃじ》を。

まずはもちろん、ファンの皆様。長い方はモバゲー時代から、何年も何年も温かい声援を、惜しみなくくださいました。そのおかげでここまで来れたと言っても過言ではありません。

そして、E★エブリスタ様。私に創作の場を、ファンというかけがえのない宝と出会う場を与えてくださり、そしてこの作品を拾い上げ、書籍化の道筋を作ってくださいました。

コバルト編集部様、そして担当の大好《おおよし》様。右も左もわからない私を導いてくださいました。

特に担当様には、一度は泣き言も言いました。不安で仕方なくて何度もメールをしたりもしました。そんな私をここまで引っ張り上げてくださいました。感謝してもしきれません。

素晴らしく麗《うるわ》しいイラストで華《はな》を添えてくださった、旭炬《あさひこ》様。あああ旭炬様にイラストを担当していただけると知った時には絶叫しました！　なんて重畳《ちょうじょう》っ！　ももももう思い残すことはありませんっ！

そして、夢へとひたすら爆走する私を、温かく見守ってくれた両親と、旦那《だんな》様。友人たち……そして同人活動で力を貸してくれている方々にも。

もちろん、この本をお手に取ってくださった読者様にも。

皆々様、本当に、本当に、ありがとうございましたっ！　心より、感謝申し上げますっ！

それでは、次巻で再びお会いできることを、心より祈りつつ、全ての読者様に愛をこめて。

二〇一三年五月　御園るしあ

※この作品はフィクションです。実在の人物・団体・事件などにはいっさい関係ありません。

この作品のご感想をお寄せください。

御園るしあ先生へのお手紙のあて先

〒101―8050　東京都千代田区一ツ橋2―5―10

集英社コバルト編集部　気付

御園るしあ先生

みその・るしあ

１月25日生まれ。水瓶座のＡ型。岐阜県出身。2007年春よりモバゲーにて携帯小説を書き始め、サイトが主催する数々の賞を受賞。その後Ｅ★エブリスタでも執筆を続け、小説・ゲームプロット・イラストなど各部門で賞を受賞している。2009年より同人活動もしており、まさに執筆漬けの毎日を送っている。少女小説からＢＬ、推理小説と、大の苦手なホラー以外はなんでも書き散らしている。和と桜と猫と二次元のイケメンをこよなく愛する。

ただ呪うように君を愛す

—宵夢—

COBALT-SERIES

2013年６月10日　第１刷発行

★定価はカバーに表示してあります

著者　御園るしあ
発行者　鈴木晴彦
発行所　株式会社　集英社
〒101－8050
東京都千代田区一ツ橋２—５—10
電話　東京 (3230) ６２６８（編集部）
(3230) ６３９３（販売部）
(3230) ６０８０（読者係）

印刷所　図書印刷株式会社

ISBN978-4-08-601733-6　C0193